歌仙絵の彼方に

小説・侍大将遠藤喜右衛門

木村光伸

SunRise

三十六歌仙絵　永禄12年（1569）に、浅井長政の侍大将、遠藤喜右衛門直経が多賀大社に寄進したもの。六曲一双の屏風に仕上げられているが、当初は三十六枚の扁額であった。滋賀県指定有形文化財。上の写真は、左隻の第1扇から第3扇。

柿本人丸
伊勢
山邊赤人

右隻の第1扇から第6扇まで。第1扇上が柿本人麻呂。小野小町は第5扇下。

左隻の第４扇から第６扇。第６扇の中務（下）の右上に遠藤喜右衛門の銘記がある。

歌仙絵の彼方に

小説・侍大将遠藤喜右衛門

SUNRISE

目次

不動院

北近江と美濃との国境に近い須川の地侍、遠藤助兵衛《すけひょうえ》の屋敷では、今、その嫡男であり浅井久政の侍大将である喜右衛門《きえもん》の祝言が行われていた。

すでに童女による盃の儀も終わり、席には酒が回り始めている。

開け放った座敷の外には漆黒の闇が広がっているが、室内はあちこちに置かれた燭台の灯りであたかも焙烙《ほうろく》の中にいるかのように明るい。

屋敷は須川山と呼ばれている里山の裾に南西向きに建てられていた。三方に堀がめぐらされているため、闇の向こうから若葉の匂いにまじって水の匂いも流れてくる。

昨夕、小谷《おたに》の城から、小者一人だけを連れて帰ってきた喜右衛門は、今朝早くに目を覚ますと、久しぶりにその堀で釣り糸を垂れてみた。

先頃まで連日五月雨が続き、天野川を遡上してきた鯉や鮒がすでに堀まで上がっており、魚は面白いほどよく釣れた。

その感触がいまだに手に残っているのを覚えながら、喜右衛門は正面の座につくねんと座っていた。

肩の肉が盛り上がった六尺近い体に樫の根株のような首が据わり、日焼けした顔には尻が吊り上がった太い眉が走っている。その下の目は大きく、通った鼻筋の下の口は利かぬ気そうに固く結ばれていた。

大振りな顔かたちのせいで、頭上の侍烏帽子が滑稽なほど小さく見え、白い掛緒《かけお》が窮屈そうに顎に食い込んでいる。

その横には、小袖姿の松乃がじっと下を向いたますわっていたが、その姿も喜右衛門に寄りそうにふさわしく大柄であった。

横からのぞいている顔も赤ん坊の尻のようにやわらかそうで豊かであった。

「似合いの夫婦じゃ」という声があちこちから聞こえてきたが、喜右衛門は夕方一緒に並んだ時から、松乃に何となく違和感を覚えていた。

それは、するまいと思いながらも、どうしても心の中に、立子《たつこ》と松乃を比べようとしている自分があるからだということがよく分かっている。

宴は進み、縁者達が次々に酒を注ぎにきたが、酒が飲めぬ喜右衛門はその度に首を振って、少しずつ酒をなめるように口にはこんでいた。

「浅井家の侍大将ともあろうものが酒を飲めぬとは解せぬことよ」

酒を注ぎにきた者はその度に、そのことを笑いの種にしたが、喜右衛門はわずかの酒で早くも目の周りをうぐいの腹のように赤らめ、息苦しそうに首を振るばかりであった。

やがて、座敷は一刻一刻と賑やかになり、祝い唄や、一差し舞う者も現れたが、喜右衛門はそれを見ながら、ぼんやりと立子の煙るような白い顔を思い浮かべていた。

実は、喜右衛門は幼名を左近といった七歳から十一歳までの足掛け五年間、信心深い助兵衛がことさら篤く信心していた多賀社の宮寺、不動院に預けられていたことがある。

もともと利かぬ気な喜右衛門ではあったが、母が病を得て急逝し、助兵衛が後添いを迎えてから更に腕白がつのり、彼の扱いに手を焼いた助兵衛が昵懇にしている院主祐賢《いんじゅゆうけん》に頼み込んで小僧として預かってもらったのである。

しかし、祐賢は、腕白ながらも素直な喜右衛門を気に入り、実の子のように慈しんで育ててくれた。

祐賢は立子という喜右衛門より一歳年下の娘を持つだけで、喜右衛門のいかにも地侍の息子らしい土臭い剛い気性を尊いものとしたのである。

「左近、侍は強いばかりではいかぬぞ。人に敬われるぐらいの学問も身につけねばならぬ」

祐賢は喜右衛門と立子を文机に並んで座らせ、手習い草紙を教えながらしばしばそう口にした。

祐賢の顔は瓜のようにつやややかで、白衣をまとった細い体からは、いつも何かの虫のような匂いがしていた。

今まで、喜右衛門が嗅いだことのない匂いで、やがて彼はそれが香と呼ばれるものの匂いであることを知った。

立子はそんな祐賢の裾にまつわるように歩き、祐賢から声をかけられるたびに、漉きたての和紙に日を当てたような白い顔をほころばせた。

今、喜右衛門はその当時のことを思い出すと、あるいは祐賢は喜右衛門を立子の婿にしたいと考えたこともあったのではないかと思ったりもする。

しかし、結局、祐賢はそんなことは口にもしなかったし、喜右衛門も考えたことがなかった。

喜右衛門は他の子供らに決して負けたことがない腕力を自負し、ただ侍になりたいとだけ考えていたのである。

そして、不動院を去って数年後のことだが、すでに浅井久政の小姓に上がっていた喜右衛門は、年々春耕に先立ち参詣していた助兵衛が腰を痛めたため、その代参として不動院を訪ねた。

その時、立子は随分大人びて眉がはっきりと通った顔を赤らめながら、いいにくそうに思いもかけぬことを口にした。

「あのう、わたくし、近く婿どのを迎えることになりました」

喜右衛門は一瞬、目の前がかすむような気がして呆然と立子の顔を見つめた。

「都の青蓮院から来て下さるそうです」

部屋には二人しかいなかったが、立子はそういうと、ほっとしたような表情で喜右衛門の顔を見上げた。細い鼻筋の上部に、浅葱《あさぎ》色の血管が透けるように見えている。

もう、彼女は切りそろえにしていた髪を伸ばし、後に束ねていたが、その黒髪が花模様の小袖の肩にかかっていた。

「それは、おめでたいことでござりまする」

すっかり侍言葉になっていた喜右衛門はやっとそれだけいった。

「ありがとうござりまする。喜右衛門どのにはまだ奥方のお話はござりませんか」

「それがしなどには、まだまだ・・・」

「もう立派なお侍ではござりませぬか。早く奥方を娶られるとよろしうござりますものを・・・」

数年という年月が随分二人を他人行儀にしていた。

「それではご奉公に励まれ、立身なさいますように」

立子は両手を前に揃えて丁寧に別れを告げたのである。

更にその後、立子が迎えた婿の僧が、二人の間に一子を設けてから急逝したことを知って以来、喜右衛門の心の中の立子の姿は一層大きなものになっていた。


夜が更けると共に、宴は更に乱れ、瓶子《へいじ》をかかえ込んだ縁者達が着崩れた直垂《ひたたれ》や大紋姿で座敷中を行き来し、女達までが賑やかな声を立てて笑いころげた。

やがて、その座敷の下のほうからふいに助兵衛が現れ、喜右衛門の前に両膝を突くと、目尻に皺をためてにこやかにいった。

「さあ、お前たちはもうさがるとよい」

彼も眉毛の薄い顔を真っ赤にしていたが、明日の朝には小谷へ帰るという喜右衛門に気づかいをしてくれているのである。助兵衛は常にこういう心配りをする人柄であった。

「・・・・」

「嫁御もお疲れであろう。さあ、さがるがよい」

助兵衛が重ねていい、喜右衛門はやっと松乃の方を向いた。

「はっ、されば」

喜右衛門は周囲に気を配りながら身を起こすと、松乃も下を向いたままゆっくりと立ち上がった。

大柄な二人が並んで立ち上がると、その頭が天井にまで届くような気がして、座敷にはひとしきり賑やかな笑いとざわめきがおこった。

二人がそのざわめきを後にして離れに入ると、すでにそこには床が用意されており、喜右衛門は初めてまともに松乃の顔を見た。

その顔は、彼の予想していた通り盆のように丸かったが、目はむいた栗のように大きく、口元にもしっかりとした気性がうかがわれた。

「末永うお願い申し上げまする」

松乃は物怖じせずそういったが、さすがにすぐに喜右衛門の視線を拒むように顔をうつむけた。

「わしの方こそよろしう頼む」

喜右衛門も律儀に挨拶を返した。

彼が大紋を脱ぎ、袴をはずすと、松乃は手際よくそれらをたたんでいった。

少し夜風が出てきたらしく、庭の若葉が強く匂ってきた。

その内に座敷の宴も果てたのか、しばらくの間、庭先に招かれた者達の賑やかな笑い声が聞こえていたが、やがて馬の蹄の音と共にそれらの声も消えていった。


この永禄の初めの頃、小谷城の浅井家では、当主久政の、ことを好まない気性に飽き足らず、その嫡男新九郎に一日も早く家督を継がせたいという家臣達の動きが日に日に高まっていた。

その日も、下城の途次、たまたま顔を合わせた磯野員昌《かずまさ》が喜右衛門を呼び止め、彼を黒金御門の陰に誘った。

「遠藤どの、お屋形にはまだお心が決まらぬようじゃな。このままでは家臣達の不満もたまる一方だと思われるが……」

磯野は切れ長の目で喜右衛門を見据えていう。彼も喜右衛門と同じように長身であったが、体つきは細い。年齢は磯野の方が数歳上であった。

磯野家は、先代磯野伯耆守の時代から家老職を務める家柄で、員昌も家督を継ぐと同時に丹波守の呼称を許されている重臣であった。

その自信が往々傲慢さとなって態度に現れ、喜右衛門はあまり磯野に好もしいものを感じていなかったが、五年前の太尾城の敗戦では見事に殿《しんがり》を務めるなど、その武略は誰しもが認めるところであった。

「はっ、一切そのようなことはもらされませぬ」

言葉つきは丁寧であったが、その中に挑むような気配がこもるのを喜右衛門は自覚していた。

「ふうむ、しかし、このままでは我が浅井家は六角の膝下に組み入れられてしまうぞ。それに、お屋形は先頃の六角よりの話にも応じる意向というではないか」

しかし、磯野は喜右衛門の顔つきなど無視するかのように言葉を続ける。

「弱腰じゃのう。ご先代がご存命ならばどれほど口惜しがられることか」

磯野は喜右衛門の気持を斟酌もせず言葉を続ける。

先頃、六角家から伝えられた話というのは、久政の嫡男新九郎の名に、六角家の当主、義賢《よしかた》の賢の字を与え、更に六角家の家臣平井定武の娘を娶わせたいというものであった。すでに臣下の扱いである。

「喜右衛門、わしは嫌じゃぞ。なぜに六角家の、それも家臣の娘をわしの嫁にせねばならんのじゃ」

そのことを父久政から聞いた新九郎は、つい先日、槍の指南に上がった喜右衛門に顔を真っ赤にしていった。

父久政が、武略に優れた先代亮政《すけまさ》に似ず、常に文弱のそしりを受け続けていることを既に十四歳になっていた新九郎はよく知っていた。

それだけに自分だけは祖父亮政のような猛将になりたいと常々念願していたのである。そして、事実、新九郎はその豊満な顔の造りも、固太りの体つきも亮政によく似ており、武技にも長じていたのである。

久政に小姓として仕え、今槍衆を預かる侍大将に取り立てられている喜右衛門ですらも、できる得るならば円満に、そして一日も早く、新九郎に家督を継いでもらいたいと念願しているのである。

「それがしも、そのように願っておりまする。どうか、皆さまのお力によって、一日も早く、円満にことが運びますようにお願い申し上げまする」

喜右衛門は自分の感情を押し殺すようにして磯野に頭を下げた。

「うむ、されど、お主はお屋形に子供の頃から仕えてきたのじゃ。我らには申し上げにくいこともお話申し上げることができよう。そのような時があれば、ぜひ家中の者達の気持をお伝え申し上げてくれ」

磯野はそういうと、喜右衛門の顔をじっと見つめてから背を向けていった。

喜右衛門はその後姿を見送りながら、磯野以外の重臣達の顔を次々に思い浮かべ、最後に百々《どど》内蔵介《くらのすけ》の丸い赤ら顔を思い浮かべていた。

百々はもう初老を越えていたが、いまだに戦さ場では常に磯野と共に先陣を組むのが例になっていた。

若い頃から家中に聞こえた大力で、鎌刃の槍をよく使い、彼は久政の小姓に上がってきた喜右衛門の膂力《りょりょく》に目をつけ、早くから槍を指南してくれたのである。

喜右衛門もその期待に応え、わずか数年で百々と互角に渡り合えるようになり彼を喜ばせた。

いわば、百々は喜右衛門の武の師といえる間柄であったのである。

一度，百々さまにお会いせねばなるまい。

喜右衛門は思案を落ち着けると、ようやくふんぎりをつけるように歩きはじめた。

黒金御門から喜右衛門らの屋敷がある清水谷へ下る坂道にはひときわ目立つ欅の大木が茂っていた。

その欅の輝くばかりの若葉を見上げながら、喜右衛門は不動院の本堂の横に、辺りを圧するように聳え立っている飯盛木《いいもりぎ》を思い出していた。

喜右衛門が不動院に預けられている頃、祐賢はその見事な枝構えを仰ぎながら、

「この木はしでという木じゃが、養老の昔、時の帝がご病気になられた折、多賀の神主が強飯《こわめし》を炊き、この木で作った杓子を添えて献上したところ、たちまち病が癒えられたということじゃ。そこで、この木を飯盛木というのじゃ」と、教えてくれたものである。

そして、この木は、常に立子と喜右衛門にとっては格好の遊び場であった。

敏捷な喜右衛門は、遠くから走ってきてこの木に飛びつき、あっという間によじ登った。そして、巧みに枝の間を通り抜けて、本堂より高い梢の間からひょっこりと顔を出して、立子を驚かせたりした。

先日の祝言の日から、もう半月が経っているというのに、喜右衛門はこのところそんなことばかり思い出していた。

決して松乃が気に入らないのではない。接している度に、ゆったりと開いた牡丹の花を見ているような気持にさせる彼女には、豊かな女らしさがある。

しかし、立子を思う時のような息苦しいまでの気持にはほど遠いのである。立子を思うこのような気持は何時になったら消え去っていくのだろうか。

喜右衛門はもう一度欅の大木を仰いでから、つづら折の坂道を下っていった。

喜右衛門の屋敷は清水谷の入口近くにあった。

先年の太尾城攻めの後、その功によって賜った柿葺《こけらぶき》のもので、入口に柴垣があり、その内側には屋敷畑もあった。

喜右衛門が屋敷に帰ると、丁度、松乃が畑に立ち、無心に鍬をふるっていた。手拭で頭をしぼり、からげた裾からは白く太い足がのぞいていた。そして、帰ってきた彼を見つけると、日焼けした丸顔を更に赤くしていった。

「お帰りなさいませ」

「お前は野良仕事が好きじゃのう」

松乃は小谷城に帰ってきた次の日から畑に出て彼を驚かせたが、それからも晴れてさえいれば、毎日のように畑に出て倦むことがない。

「はい、瓜でも作ってみようかと思いまして」

「おお、もうそんな時期か。わしはもう野良仕事も忘れてしもうたわ」

喜右衛門とて地侍の子倅である。不動院に出されるまでは、田返し、籾まき、田植え、草取りなど毎日助兵衛の手伝いをさせられたものである。

しかし、小谷城に上がってからは、田に入ることはすっかりなくなっていた。

「いえいえ、そなた様はそれでよいのでございます。ご奉公にお励み下さりませ」

松乃は裾から出ている足を恥ずかしそうに隠した。その爪先は子供の足のように草履の緒をきつく挟みつけている。

春の陽はまだ高い。屋敷の裏から大嶽《おおづく》へと続く急斜面の雑木林からは、おずおずとためすような春蝉の声が聞こえてきた。

しかし、家中の不満と危惧をよそに、永禄二年正月、久政は六角家の申し出を受け、平井定武の娘、登代を新九郎の室に入れ、新九郎を賢政《かたまさ》と名のらせ元服させた。

久政からは、先年太尾城の攻防戦で大敗し、収穫を前にした坂田の郡一帯を蹂躙された恐怖感が消えず、再び六角家とことを構える気力は残されていなかったのである。

もとより、六角家と浅井家では、家格もその勢力も比べようもない。しかし、先代亮政の営々たる努力によって、先年からどうやら浅井家は六角家に対抗できるだけの力を蓄えてきたのである。

それにもかかわらず、どうしてこのような一方的な申し出を唯々諾々と受けなければならないのか。

当然、家中の不満も一層高まった。

磯野員昌や、百々内蔵助、赤尾清綱などの重臣がしばしば密かに集まっては、久政に隠居を迫る方策について協議を重ねた。

その噂は喜右衛門の耳にもしきりに入ってくる。先年の磯野の言葉も彼の耳にこびりついていた。

しかし、彼はその磯野の言葉に内心反発し、久政には何も告げていなかった。

そのような大事はお屋形自身が判断されるべきこと。そして、お屋形自身から口に出していただきたいと彼は望んでいたのである。

また久政は武こそ好まなかったが、民政には意をそそぎ、その穏やかで公平な人柄を慕う家臣達も多かった。

重臣達の首をつき合わせての協議も簡単には結論を得ることができなかったのである。

しかし、賢政の不満は激しかった。彼はそのふくよかな顔をまっ赤にしていう。

「喜右衛門、わしはあの娘をわしの嫁とは思わぬ。わしはあの娘の部屋には絶対に行かぬぞ」

賢政はもう背丈も、大柄な喜右衛門に並びかけるぐらいに成長している。

その賢政の前にひざまずいた喜右衛門は、賢政を仰ぎ見ながらなだめた。

「若、言葉をお慎みなされよ。お屋形にはお屋形の考えがあってのこと」

しかし、賢政は更にいいつのり、最後に驚くべき言葉を口にした。

「父上が何といわれてもかまわぬ。喜右衛門、わしはあの娘を観音寺城に送り返すぞ」

喜右衛門は呆然と賢政を見上げた。まさか、彼がそこまで思いつめているとは思ってもいなかったのである。

しかし、思えばこれから浅井家を背負って立つ賢政にはこれぐらいの気概は必要であった。優柔不断な久政に比べ、家臣としては喜ぶべきことでもあった。喜右衛門はいうべき言葉をさがしていた。

が、久政の近習ともいえる喜右衛門としては、その言葉をそのまま実行に移させることもできない。

喜右衛門はいよいよ私淑している百々内蔵助に相談に上がるべき時が来たのを悟った。それに、もう一点、先頃から彼の心の中にわだかまっていることもあり、ぜひとも百々に会わなければならなった。

それは、浅井家が六角家にはっきりと敵対し、浅井勢が犬上の郡に侵攻した場合の、他ならぬ不動院のことであった。

不動院はその開基の昔から、六角家の庇護下にあり、明応の初めには六角高頼の命で、堂社が造営されるなど、六角家との関係は浅からぬものがあった。

又、不動院に近い久徳城の城主、久徳実徳の姉は、六角家が賢政に嫁がせた登代の母親であった。即ち、久徳実徳の姉は六角家の重臣平井定武に嫁いでおり、久徳城は六角家の重要な拠点となっていた。

更に、不動院の南、青龍山の裾にある敏満寺も六角家との因縁が深く、特に敏満寺はおびただしい僧兵すら抱えており、浅井勢が犬上の郡に侵入すれば、直ちにこれに敵対することは疑いのないところである。

不動院は多賀社の宮寺であり、なんらの武力も蓄えていなかったが、果たして、浅井勢が侵攻した場合、全くの中立を保ち続けることができるのだろうか。

もし、不動院がこれまでのいきさつからはっきりと六角家に与し、敏満寺の僧兵でも迎え入れるようなことがあれば、浅井勢は躊躇なく不動院を焼打ちにかけるにちがいない。

いずれにしても、不動院の立場は、浅井勢と六角勢との力関係の上に乗るきわめて微妙なものになりつつあったのである。

喜右衛門の瞼に、つやつやとした細長い祐賢の顔が浮かび、続いて眉がはっきりと通った立子の白い顔が浮かんだ。

浅井軍の侵攻に際しては、何としても不動院を戦火から守らなければならない。

このことも、喜右衛門はぜひ百々内蔵助に相談してみたかったのである。

二日後、喜右衛門が百々を訪ねると、百々は赤ら顔を一層赤らめてにこやかに喜右衛門を迎えた。

百々の頭はもうすっかり白髪に変わっていたが、粗末な裁着袴をはいた頑健そうな体にはまだまだ精気がみなぎっている。

喜右衛門は先ず無沙汰を詫びてから、先頃からの賢政の言動について詳しく話した。

彼の話を身をかがめるようにして聞いていた百々は、やがてその細い目を光らせていった。

「わしもうすうすは聞いておったが、なかなか面白い話じゃのう」

「面白い……」

「そうじゃ。いっそ、喜右衛門、若の思い通りにさせたらどうじゃ」

「それでは、すぐに六角との戦さになってしまいますが」

「それでよいではないか。その戦いを賢政さまの初陣とし、もし、互角以上の戦いができれば、その機を逃さずお屋形さまに隠居を願うのじゃ」

「しかし、先年のように再び敗れるようなことがあれば……」

「なに、六角など恐るるに足らん。先年の戦いでは朝倉家の後詰めもなく、例によってお屋形の出陣もなかったのじゃ。それに比べ、賢政さまの初陣ともなれば、我が勢いも違おう」

「御意」

喜右衛門も百々を見て深くうなずいた。百々が思い描く方策が喜右衛門の目の前にもはっきりと浮かび上がってきた。

百々は一層、喜右衛門に顔を近づけていった。

「このことは誰にもいうな。もちろん、若のそのような意向をお屋形に伝えてはならぬ。わしが主だった者だけには伝えておこう」

「はっ、承知仕りました」

喜右衛門は一度深く平伏し、更に顔を上げると、改めて口を開いた。

「いずれ、そのようにして、当家と六角が手切れになり、当家が犬上の郡に兵を進めました場合――」

喜右衛門は不動院のことを口にした。

百々はもちろん喜右衛門が久政の小姓に上がるまで、不動院に預けられていたことをよく知っている。

で、百々も腕を組み、瞑目しながら喜右衛門の話をじっと聞いていたが、彼の話が一段落すると、改めて身を乗り出すようにしていった。

「喜右衛門、そちも侍じゃ。お家大事はよく分かっておるな。お前と不動院とのことはもとより私事じゃ。それを先ず肝に銘じておかねばなるまいぞ」

「はい」

「次に、院主どのの確たる意向がどうなのか、それを先ず確かめねばなるまい。当家が犬上の郡に出れば、先ず向かうのは久徳城であることは院主どのも分かっておられる筈、当然、もう何らかのお考えをお持ちであろう」

「……」

「このままでは、我が浅井家から見れば、不動院は当然敏満寺につながる僧坊、六角の息がかかっていると見なければならぬ。我が軍が犬上の郡に出るのは、おそらく若が家督を継がれてからのことになろうと思うが、当家としても無益な兵火は望むところではない。わしはその前に、密かに不動院に通じ、できればその筋から久徳城と敏満寺の降誘を謀ることができぬかと考えていたのじゃ。どうじゃ、喜右衛門、そちがやってみるか」

喜右衛門の頭がめまぐるしく回転した。

百々がまず最初に私事という言葉を使った通り、彼は不動院のことしか頭になかった。

久徳城と敏満寺は最初から六角家の牙城であるとの観念でいたのである。もとより、不動院は説得したいと考えていたが、更にあれほど深い因縁で六角とつながっている久徳城と敏満寺を降誘することができるであろうか。

しかし、百々はその仕事を彼にやらぬかといっているのだ。

不動院のことは何としても他人に任すわけにはいかない。願ってもないことではないか。やってみようと喜右衛門は思った。

「承知仕りました。近々、不動院へ参じ、院主さまにお目にかかりまする」

喜右衛門はしっかりと百々の顔を見つめて答えた。

それから、数日後、喜右衛門は馬の手綱をひく小者一人を供に不動院へ向かった。朽葉色の直垂姿で、懐には、久政から院主裕賢に宛てた書状と不動院に寄進する金子が納められている。

百々から、久徳城降誘の話を聞いた久政は、当初、この企ては六角家を刺激するものとして難色を示したが、彼自身、天文二十四年に祐賢の兄、裕尊が勧進した梵鐘の寄進者にも名を連ねており、寿命神としての多賀社には篤い信心を寄せていた。

「喜右衛門、どのように考えてみても、久徳城の降誘は難しかろうと思う。そちは先ず、不動院を守ることだけを考えたらよい」

不動院へ向かう挨拶に伺った喜右衛門に久政は穏やかにいった。久政は、ことを構えてまで南進するほどの覇気は持っていなかったのである。

「はっ、すべては院主さまのお気持をうかがってからのこと……」

「うむ、我が軍が犬上の郡に出るにはまだまだ日もかかろう。十分、下ごしらえをしてからのことじゃ」

久政はしもぶくれの顔をつるりと撫でながら、ひとごとのような顔つきでいう。こうした態度が家臣の不興を買っているのをいささかも知らないような顔つきであった。

小谷から多賀の庄までは約八里である。

初夏の日差しがさんさんと降りそそぐ大野を真っ直ぐに南下し、やがて東山道に入り、佐和山を越えると、再び前面に大野が広がる。

そして、その左手の野面の果てに多賀社の森がこんもりと茂って見えた。

喜右衛門はそこから不知哉川《いざやがわ》沿いに多賀に向かったが、その頃から彼の胸は子供のように弾みはじめてきた。

立子にそれほど会いたかったのか。喜右衛門は今更ながら自分の気持に狼狽する思いだった。

多賀社の森に入ると、辺りは急にひんやりとして、蝉の時雨であった。

その蝉時雨が不動院に預けられている頃の数々の思い出を誘う。

不動院の門をくぐりぬけると、まず本堂横の飯盛木のかぶさってくるような青葉が目に入った。

喜右衛門はその見事な枝構えをしばらく仰いでから、正面の階を上がり、障子を開けた。

ほの暗い基壇に安置された阿弥陀如来の姿が懐かしくも有り難い。喜右衛門がここに預けられている頃、この御仏の回りを拭き清めるのも彼の仕事であったのだ。

喜右衛門は衷心から浅井家の興隆を祈った。浅井家の興隆はとりもなおさず自身の栄達につながるはずである。彼とて、この戦国乱離の世に自ら望んで侍というものになったのである。浅井家の興隆と自らの栄達を祈らずにはいられなかった。

そして、彼が不動院の玄関に回ると、下男が出てきて、すぐに奥に知らせに走った。

待つ間もなく紗の白衣をまとった祐賢が現れてくる。

「おお、喜右衛門、久しぶりじゃ。さあ、上がるがよい」

かねて知らせはしてあったので、祐賢は待ちかねていたそぶりで喜右衛門を書院に誘っていった。

「お久しぶりでございまする。院主さまにも恙なくお渡りのご様子、何よりと存じまする」

喜右衛門はすすめられるままに円座に座ると、丁寧に一礼した。

数年ぶりの祐賢であったが、いつの間にか彼にも老いが忍び寄っていた。瓜ざね顔のつややかさが薄れ、皺も深くなったように感じられる。

「いやいや、見ての通りじゃ。寄る年波には勝てぬ。何とか、祐桓が一人前になるまではと思っているのじゃが、果たしてどうなることやら……」

祐賢は歯が抜け落ちた口元をつぼめるようにして笑った。

「滅相もございません。そのように息災そうにお見受けいたしますものを」

喜右衛門が答えると同時に、廊下に衣擦れの音がして、立子が姿を見せた。

化粧を施し、眉を整えた細い顔がほころぶ。

「お久しぶりでございまする。お便りをいただきましてから、ずっと心待ちにしておりました」

「お久しぶりでございました。立子どのにもお変わりなくなりよりでございました」

喜右衛門はまぶしいものでも見るように立子を見つめた。

立子も喜右衛門の視線を受けて、目尻に恥じらいの色を浮かべた。顔にはほのかに血の気がさしていたが、常にふくよかな松乃を見ているせいか、立子の小袖姿はどことなく一回り小さくなったように感じられた。

「有り難う存じまする。そうは見えましても、私も近頃は何かと疲れを覚えることが多くなり、困っておりまする」

立子は祐賢に似た口元を隠すようにして微笑んだ。

それからしばらくお互いの近況などを話し合ってから、喜右衛門は久政からの書状と寄進の金子を祐賢の前に差し出した。

祐賢は金子の袋は押し頂き、書状にじっくり目を落としてから、喜右衛門を見上げた。

「書状、確かに拝見した――」

祐賢は書状を巻き戻しながら言葉を続けた。

「先頃のお前の書状といい、このたびの久政どのの書状といい、当院へのご配慮まことに有り難いことじゃ」

喜右衛門は先頃の書状で、久政が賢政に家督を譲る日も近いこと、そうなれば気鋭の賢政は日をおかず南進の軍を起こすだろうことなどを説き、不動院の去就についても熟慮いただくべき時と申し送っていたのである。

「はっ、それがしといたしましては、浅井家の伸張が結果として院主さまに心労をお掛け申し上げることになり、まことに心苦しく存じております」

「いやいや、これも戦国の世のなせるところじゃ。やむを得ぬとは思うが……」

祐賢は白衣の袖を組んで瞑目した。

おそらく、彼も喜右衛門の書状を受け取るまでもなく、浅井勢と六角勢の優劣、また浅井軍が犬上の郡に侵入した場合の不動院の去就については度々思いを巡らせていたに違いない。

「しかし、喜右衛門、お前も知っての通り、当院と六角家との関係はまことに深いものがあるのじゃ」

「よく存じております。しかし、当浅井家も多賀社を尊崇すること、決して六角家に劣らぬことは院主さまもよくご存じのはず。それに、確かに六角家は強大ではありますが、すでに家中が永年の戦さ続きに倦み疲れており、その点、浅井家はおそらく賢政さまが家督を継がれての初陣ともなれば、六角を圧倒するのは疑いのないところでございまする。それがしも、あらかじめ当家に通じてさえいただいておれば、命に代えても不動院をお守り申し上げまする」

それから喜右衛門は、浅井家家中のことのみならず、江北の情勢を祐賢と立子にこと細やかに語り、来るべき浅井家の南進に備えるべく進言をした。

そして、喜右衛門は更に久徳城と敏満寺のことにも言及したが、そのことについては祐賢は気弱く首をふった。

「久徳どのはお前も知っての通り、一旦浅井家に寝返られ、再び質に出した母上を殺してまで六角家に帰られたお方じゃ。よもや再び浅井家の誘いに応じられることもあるまい。又、敏満寺とはいえ、もはや六角の出城じゃ。これも浅井に通じることはよもやあるまい」

久徳実時の義母はそのような経緯で浅井家によって磔刑に処されている。

祐賢も又、不動院の周辺の情況を喜右衛門に説明した。

それによると、久徳城と敏満寺の降誘はまことに厳しい。

それに、祐賢の表情からは肝心の不動院の去就さえうかがえない。

「わしも兵火が不動院に及ぶことだけは何としても防がねばならんと考えておる。幸い、事態は今日明日というわけではなさそうじゃ。しばらく考えさせてくれぬか」

祐賢はそこで話を打ち切るようにいった。

喜右衛門は場合によれば、久徳城へのつなぎも口にしてみようかと考えていたが、到底そこまでは話が及ばない。

「よろしくお願い申し上げまする。それがしも、今後は当地方の情勢についてはでき得る限りお知らせ申し上げまする」

二人が話を打ち切ると、立子が待ちかねたように下女を呼び、膳部を運び込ませた。

その日の内に帰るという喜右衛門のために、立子は早めの夕餉を用意させていたのである。

運び込まれた膳部の端には、梅干の入ったひび割れた鉢が置かれていた。

その梅干は喜右衛門が不動院に預けられていた頃から、必ず膳に添えられていたもので、不動院では、毎夏、境内中の梅を落として漬けるのである。

ようやく汗ばむようになった頃、男衆や女衆に混じって、梅を竹竿で落とした思い出がよみがえる。

「喜右衛門どの、懐かしうござりましょう」

立子は、喜右衛門がその小鉢に箸を伸ばすのを見て、顔をかしげるようにしていった。

二人は共通の思い出を持っていること、そしてそのことを口にする立子の笑顔が喜右衛門の心を和ませ、彼はともすればもう不動院を訪れた目的も忘れたかのような時を送っていた。

小谷山の新緑が日に日に濃くなる頃、山麓の浅井館から一基の輿が南に向かった。

輿の主は、賢政に嫁いだものの、一度もその部屋に彼を迎えることなく、早々と観音寺城に返されることになった登代であった。

その輿の横には、平井家から付き従って来た女がつき、喜右衛門はわずかばかりの手勢を率いて輿を両家の境、宇曽川まで送っていった。

すでにこれまでの間に、百々は重臣達の同意をとりつけ、浅井家はいつでも六角家とことを構える用意もできていたのである。

一行が宇曽川に着くと、すでに知らせを受けていた平井家の侍達が対岸に待っていた。

宇曽川は多賀の庄から更に一里ばかり南下したところにあり、もう目の前に六角家の本拠である観音寺城がある繖山《きぬがさ》が聳え立っている。

「姫、宇曽川でござる。すでに向こう側にはご家中の方もお待ちでござる」

喜右衛門が片膝をついて言上すると、輿の御簾が内側から開けられ、登代がまだ幼いところがあるふっくらとした顔をのぞかせた。

喜右衛門は登代を宇曽川まで送って行くようにいわれてから初めて彼女の顔を見たのであるが、登代はまことに穏やかで、優しげな表情をした女であった。

このようなことがなければ、二人は似合いの夫婦になれたものをと、喜右衛門は登代を送りながらずっと思い続けていた。

「お世話をお掛けいたしました」

登代は穏やかな声でいった。

「はっ、ではこれにて」

喜右衛門は登代の顔を直視するに忍びなく、顔をさげたまま輿を離れると、馬にまたがった。

輿を担ってきた雑兵達も喜右衛門に従って輿を離れ、すぐに喜右衛門らはもと来た道を北に戻りはじめた。

すぐに対岸の侍達が川を渡って来、輿を担ぎ上げると繖山に向かっていく。

このようにして、両家が手切れをした以上、いずれはあの山に攻めかからねばならないと、喜右衛門は巨牛の背中のような繖山をにらみつけながら思った。

すでに、その後、不動院からは喜右衛門の誘いに応じるかのように、久政と賢政の長寿を祈祷した護摩札に併せ、貢の金子も届けられていた。

又、浅井家からも応分の寄進が返され、不動院と浅井家の関係はこれまで以上に深いものになりつつあった。

あの時、喜右衛門の報告を聞いた百々内蔵助は
「相分かった。久徳城はわしの手のものにやらせてみよう。不動院からのつてを頼るとなると、不動院自体を失うことになるやも知れぬ。そちは不動院のことのみ考えておれ」

と語り、その後、喜右衛門は不動院とは緊密に連絡を取り合っていたのである。

そして、徐々に不動院が浅井家に通じつつある手応えも感じられ、そのことは、立子への慕

いを消し去ることができない自分のためにも喜ぶべきことであったのである。

もはや、何時両家が衝突してもおかしくない事態となった。

喜右衛門は先頃の太尾城の敗戦を苦々しく思い出しながら、新たな闘志を燃え立たせていた。

「何と、登代を送り返したと」

自分の知らない間に、六角家との決別策が着々と進められていたことを知って、久政は顔を蒼白にさせて怒ったが、もう後の祭りであった。

喜右衛門も呼びつけられて、激しく叱責された。

「喜右衛門、そちも、このことを知っておったのか」

「……」

「知っておったのなら、なぜ知らせぬ。お前までわしをこけにするのか」

「も、申し訳ございませぬ……」

「もう、お前の顔など見とうないわ。今後、余の前には顔を出すな」

久政は怒りに唇を震わせながら、喜右衛門をののしると、袴の裾を蹴立てるようにして彼の前を離れて行った。

しかし、賢政が思い切って取ったこの手段は、家中はもとより、近隣の各家にも彼の評判を高める十分であった。

亮政の時代からの盟友、朝倉家からは早速、賢政の元に使者が到着し、この度の決断を称え、六角家とことを構えるときには必ず後詰の兵を送ると約束してきた。

又、六角家に臣従を余儀なくされている江南の地侍の中にも、密かに浅井家に款《よしみ》を通じてくる者も現れた。

中でも、かねて六角家の仕切りに強い不満を持っていた愛知川北岸の肥田城主、高野瀬秀澄はいち早く浅井家に与することを申し送ってきた。

百々の思惑通り、賢政の家督相続の条件は徐々に整ってきたのである。

喜右衛門も、そのような情勢を不動院に克明に伝え、更にそのような情勢の変化に対応し、一層、槍衆の調練に力を入れていた。

特に、先年の太尾城の攻防戦で、初陣ながら侍首を挙げた富田才八という若者には目をかけ、激しく鍛えていた。

才八は、富田郷の百姓の子倅で、小谷城へ田畑の物を納めるために出入りしている内に、自ら望んで足軽奉公を申し出てきた若者である。

背丈は喜右衛門より首一つほど小さかったが、固くしまった敏捷な体つきをしていた。

頬の真ん中に大きなほくろがあり、それが彼を子供っぽく見せていたが、思いのほか力があり、いざ槍を使わせると日ごとに上達し、今や槍衆の中でも抜きん出た存在になっていた。

戦場には、近頃ぼつぼつと鉄砲が登場し始めていたが、鉄砲は玉込めから発射まで時間がかかり、又、雨に弱いこともあって、まだまだどの家中でも主力は槍であった。

喜右衛門は自分が槍を得物としていることから、どうしても鉄砲を好きになれず、一層強力な槍集団を作り上げたいと懸命であった。

そうした喜右衛門にとって、才八のような若者はまことに鍛え甲斐のある若者であった。

そして、このような若者を一人でも多く育てていくことが、浅井家の底力を高めていくことにつながるのである。

そして、永禄三年の八月、浅井家中の者が待ちに待った賢政の初陣の機会がきた。

かねて、浅井家に款を通じていた高野瀬秀澄から、その城、肥田城が六角勢に囲まれつつあるという救援を依頼する早馬が到着したのである。

百々ら重臣にも待望の機会であった。

直ちに軍議が持たれ、朝倉家に後詰の要請をし、浅井家の総力を挙げて肥田城の救援に向かうことが決定された。

久政ももはや家中の大勢に抗しがたく、軍議の席では、百々の後見の上で、全ての采配を賢政に委ねることを認めた。

朝倉勢の後詰さえ得ておけば、よしんば敗れたとしても、小谷城まで攻め込まれることはないだろうと考えたのである。

出陣の前夜、松乃は何度も喜右衛門に抱かれることを望んだ。

二人の間にはまだ子供がなかった。喜右衛門の決死の戦いを前に、何としても彼の命を自分の体の中に宿しておきたかったのである。

喜右衛門もそれに応えて激しく松乃を抱いた。

「早ようややを授かりたいものでござりまする」

喜右衛門の体を離れてから、松乃は襟元を合わせていった。

「うむ、子は天よりの授かりものじゃ。その内にわれらも授かることじゃろう」

その行為の最中でさえ、ともすれば立子の面影を追っている自分に後ろめたいものを感じながら、喜右衛門は松乃に背を向けた。

ようやく涼しくなってきた夜風が汗ばんだ体に心地よい。

ふと気づくともう松乃は低く規則正しい寝息を立てていた。

八月十八日、賢政に率いられた意気盛んな浅井の軍勢が小谷城を出発した。

賢政は祖父伝来の赤色縅《おどし》の胴丸に身を包み、龍頭の兜をかぶり、白銀作りの太刀を帯びていた。

その周囲に、三つ盛亀甲の浅井の旗印を押し立て、旗本たちが進む。

喜右衛門は、初陣からずっと身に着けている黒革の胴丸に、三鈷剣の前立を打った筋兜をかぶり、得物の鎌刃槍を掻い込んでいた。

浅井軍は北国道を南下し、やがて摺針峠を越えて湖東の大野に出た。

すると、左前方の青龍山の裾に多賀社の森が見え始める。

この戦いで六角勢を破れば、この地方での浅井家の優位は動かないものになる。祐賢も立子も当然その結果に注目しているに違いない。

喜右衛門はじっとその森を見つめながら、胸に突き上がってくるような立子への慕いをかみしめていた。

その頃、賢政の元には、六角勢は包囲した肥田城には押さえの兵だけを残し、主力は宇曾川の南岸まで押し出し、浅井勢に向かって陣を敷いたという報告が入った。

賢政は決戦を明日と見てその夜は高宮城で野営することを決めた。

高宮城から不動院はもう目と鼻の先である。

喜右衛門は決戦が近いだけでなく、立子に会いに行こうと思えば、いつでも行くことのできる距離にいる自分を思い、高ぶった気持を抑えかねて何度も寝返りをうち続けた。

その頃、不動院でも、立子と祐賢が眠れぬ夜を迎えていた。

すでに浅井軍が高宮城に入り、明日にでも決戦が行われるという噂は宵の内に不動院に届いていた。当然、喜右衛門は出陣しているに違いない。

「明日の戦いはいずれの勝利に終わるのでしょうか」

立子は細い顔を蝋燭の灯りに浮かび上がらせて不安そうに眉を寄せた。

彼女も、先年、喜右衛門が不動院のことに気づかい訪れてくれて以来、彼への慕いが急速にふくらみはじめているのを覚えていた。

不動院の一人娘として、婿を迎えるのが自分の定めと観念し、目をつぶっていた慕いが、夫の死後、その重しから解き放たれたように育ちはじめていたのである。

「うむ、勝敗は時の運という故にのう……」

祐賢も不安げに顔をくもらせた。

彼も徐々に喜右衛門の誘いに傾きながらも、いまだに自分自身の気持は六角家と浅井家との間で揺れ動いていたのである。

そして、この勝敗こそ、彼の決断の決め手になるものであった。

「私、本堂へ……」

立子は灯りを持って立ち上がった。喜右衛門の武運を祈ろうと思ったのである。

「わしも参ろう」

祐賢も立ち上がり、二人は回廊を伝わって本堂に上がっていった。そして、二人が回廊の高みで期せずして西の方を振り返ると、丁度高宮方向の森は低く、その梢の上の空がほのかに赤らんでいた。

二人は、その色を喜右衛門らが焚き上げている篝火の色だと思い、しばらくその夜空をじっと見つめていた。

翌日、高宮城を出た浅井勢は真っ直ぐに宇曾川の北岸に向かった。

先鋒は磯野員昌、続いて百々内蔵助の部隊が続く。喜右衛門の手勢は賢政の本隊に入り、その後方を進んだ。

犬上川を渡り、大野に出ると、もう宇曾川南岸の六角勢の旗印が見え始めた。

「戦さ用意じゃ」

賢政が下知すると、旗本衆が伝令として各将の下へ駆け去って行く。

すぐに、磯野と百々の隊が左右に展開し、一気に宇曾川の川岸まで進出した。

六角勢も盛んに旗印を押し立てて戦意を示す。

もう、お互いの罵声が聞こえる距離にまで両軍は接近していた。

しかし、両軍の間を流れる宇曾川は先頃の雨で増水し、足元は泥沼のようにぬかるみ、お互いに機敏な動きはできかねる状態である。

両軍は宇曾川を挟んで、じっと我慢比べのように対峙していた。

やがて、陽はじりじりと中天を離れ、西に向かう。

このまま決戦が明日に持ち込まれると、数で勝る六角勢が有利である。浅井勢の戦意が勝る今こそ勝負を挑まなければならない。

喜右衛門が焦りはじめた時、百々勢の旗印がじりじりと前に動き出した。

やがて内蔵助の激しい下知と共に、その主力が喚声を上げて浅瀬を渡りはじめた。

六角勢も対岸の芒の間から鉄砲を撃ちはじめ、百々勢の前面から戦端が開かれた。

百々勢は内蔵助に率いられ、水しぶきを上げながら対岸に突き進んでいく。

鉄砲隊が川岸まで進んでそれを援護し、立て続けに鉄砲を撃った。

一瞬、六角勢に動揺が走ったが、後方から法螺貝が鳴り響くと、六角勢も覚悟を決めたように前に向かった。

川の上手からも、下手からも湧くように兵が動き出し、突出してくる百々勢に向かう。

しかし、宇曾川を渡り切った百々勢は怖れる気配もなく、更に押し進んだ。

「百々が包み込まれるぞ。磯野も前に」

賢政は胡床から立ち上がって磯野のほうに采を振った。

右翼から、浅井勢中最大の兵力を有している磯野勢が動き出した。

しかし、喜右衛門の目には、その動きがいつになく緩慢に見えた。心なしか、百々勢に先陣を奪われた無念さが見える。

喜右衛門は苛立たしく身を乗り出した。

ようやく、磯野勢が川を渡り、槍先を揃えて突っ込んで行くのが見え、戦いは一気に急展開なものとなった。

「よし、者共、用意じゃ」

喜右衛門も槍を掻い込んで手勢に下知した。

磯野勢を迎えた六角勢も、数にものをいわせて浅井勢を押し包もうと前に出てくる。

槍と槍がぶつかり合い、馬がいななき、大乱戦となった。

喜右衛門が賢政の下知を今か今かと待っていると、その時、乱戦の中から一騎が抜け出して、本陣に駆け戻って来た。

その侍は馬から飛び降りると、片膝を突いて賢政に言上する。

「百々内蔵助さま、敵勢に包まれ討ち死にっ」

「何と、内蔵助が」

賢政は目をむいて絶句した。

喜右衛門も一瞬、顔をこわばらせた。

つい、今しがたの内蔵助の騎馬姿がよみがえる。いうまでもなく、百々は戦機を失するのをおそれ、自ら先頭に立って六角勢に突っ込んでいったのだ。

喜右衛門が唇をかんで戦場に目を戻すと、それを潮に戦況はじりじりと押されはじめていた。

賢政が紅潮した顔を喜右衛門に向けた。

「喜右衛門、川上に迂回し、高みから突っかかれ」

「心得ました」

喜右衛門は賢政の落ち着きと、思わぬ柔軟な采配に舌を巻きながら手勢に向かって叫んだ。

「我に続け」

喜右衛門の隊は、一度本陣の背後に大きく下がり、芒の原をかき分けて上手に上がる。

そして、宇曾川の荒瀬を押し渡って対岸の高台にあがった。

すぐ、前面は戦場である。一挙に鉄砲の音や喚き声が耳に飛び込んでくる。

喜右衛門は逸る気持を抑えて林を駆け下りた。

その林が切れ、喜右衛門の手勢がおどり出たところはもう六角勢の本陣間近であった。

六角の本陣には四つ目結の旗がひるがえり、まだ喜右衛門らには気づいていない。

「それ。者共、突っ込め」

喜右衛門は槍を掻い込み、兜の眉庇《まびさし》を傾けて馬の腹を蹴った。

一瞬、目の前が真っ暗になり、何も見えなくなる。ただ馬蹄の響きだけが聞こえてくる。

しかし、しばらく歯を噛みしめるようにして突き進んでいくと、眼前の霧が晴れるように敵が見えだした。

側面を突かれた六角勢の驚愕した顔がこちらを見据えている。

富田才八も、喜右衛門の傍を離れず槍を抱えて力走していた。

「それ、本陣をめざせ」

喜右衛門の槍がうなりを上げて、前をふさぐ六角勢に叩きつけられた。横に払い、真っ向から叩き伏せ、突き通した。

賢政の本陣からも、喜右衛門に率いられた兵に側面を突かれ、六角勢が動揺しているのが見える。

好機と見た賢政は更に顔を赤くして立ち上がると
「総がかりじゃ。者共、続け」と叫んで、自らも馬に飛び乗った。

「若っ」

近習が馬の手綱を押さえようとしたが、馬はそれを振り切って飛び出す。

「それっ。若殿に遅れるな」

第二陣、阿閉《あつじ》、安養寺などの兵達がどっとそれに続く。

側面を突かれ、一瞬怯んだところに正面から捨て身の攻撃を受けて、一挙に六角勢が浮き足立った。

その内に、六角勢切っての侍大将伊勢千草が討たれたという声が上がると、もう踏ん張りがきかず、六角勢は総崩れとなった。

六角勢の馬は飛ぶように尻を向け、退き鉦が打ち鳴らされた。兵達も我先にと戦場を逃げ去る。

「追えっ。追えっ。我らが稼ぎ場ぞ」

喜右衛門も部下をあおり立てて懸命に六角勢を追った。雑兵には目もくれず、ひたすら兜首を狙うが逃げ足も早い。

その内に、浅井の本陣からも退き鉦が聞こえてきた。

喜右衛門は周辺の兵をまとめ、本陣に退き上げた。

やがて、浅井の本陣に主力が集結し、勝ち鬨があがる。

すでに、夜の帳が下り、浅井勢は篝火を焚いて引き上げを開始した。

喜右衛門の手勢も、賢政の本隊に続き、北へ向かった。

彼の馬の脇には才八がつき従い、唇の端をめくり上げるようにして興奮した声を弾ませていた。

しかし、浅井勢の足取りはどこか重かった。全軍の上に、百々の戦死の事実が重々しくのしかかっていたのである。

喜右衛門の心も鉛を詰め込んだようであった。

久政の小姓時代から何かと目をかけてくれ、槍を伝授してくれた百々のはちきれそうな赤ら顔が目に浮かぶ。人の死は戦さ場の常とはいえ、このような奈落に落ちていくような喪失感を覚えるのは初めてのことであった。

また、加えて百々の死は、必然的に浅井家中に於ける磯野の地位を高めることになる。赤尾、安養寺などの重臣はどちらかといえば武断派であり、百々のように深謀遠慮を得意とはしない。従って、今後はおのずから磯野の発言力が家中に大きな影響を与えていくことになろう。

喜右衛門は、そのことにも苛立ちを覚えるのであった。

やがて、今夜の野営地、高宮城の篝火が赤々と見え、その右手後方に多賀の森が黒々と見えはじめる。

立子も、あの篝火を見つめていることだろう。

浅井軍戦勝の知らせがもう届いているだろうと喜右衛門は思った。


しかし、当然六角家もそのままには退き下がらず、美濃の斎藤家と結び、斎藤勢はしばしば江北に侵入したが、その度に浅井勢はこれを撃退した。

しかし、これらの戦闘でも、久政は終始小谷城にこもったきりで、優柔不断な采配を見せ、もはや家中の総意は完全に賢政への家督相続に傾いた。

そして、ついに久政もまだ四十代の若さながら賢政に家督を譲ると発表した。

こうして浅井家中の期待を担って家督を継いだ賢政は一層積極的に南進の機会をうかがい、これに呼応し、坂田郡南部の地侍達は次々に浅井家に款を通じてきた。

元の箕浦城主、今井定清もその一人であった。

今井家は浅井、六角両家に恩と旧誼があり、いずれへも与することができず、定清は実に十五年近い歳月を流寓の身で過ごしてきたが、このほど六角家に質に取られていた長男を見殺しにしてまで浅井家に通じ、箕浦城に帰ってきたのである。

定清が帰城すると、旧主の帰城を待ちわびていた郎党達が次々に登城し、箕浦城の士気は急速に高まった。

こうなると、今井一族が目指すのは、六角家に奪われたままになっている太尾城の奪還であった。

太尾城は今でこそ、浅井と六角の争奪の的となっているが、かつては今井家の支城の一つであったのである。

この作戦を遂行するため、定清は早速、賢政に助勢を要請した。

賢政は喜右衛門を与力として派遣することにし、喜右衛門は才八と、先頃新しく彼の手勢に加えられた弥太郎などを引き連れて、箕浦城に移った。

弥太郎は先年の野良田の戦いから足軽稼ぎに来はじめた竹生《ちくぶ》の漁師であったが、その戦いで目覚しい働きを見せ、以後そのまま居残った男であった。

大柄な喜右衛門よりさらに背が高く、衝立のように肩幅があった。黒革をなめしたような顔色で、一見牛のように鈍重な動きをする男であったが、膂力に優れ、長柄の槍や野太刀を持たせてもまるで棒切れのように軽々と振り回した。

才八より大分年上で、すでに何人かの子持ちであったが、この度、喜右衛門が箕浦城に派遣されるに際して、彼の組下に回されて来たのである。

箕浦城へ移る前日、その挨拶に訪れた喜右衛門に賢政はことさらに不動院のことをつけ加えた。

「太尾城の次は久徳城じゃ。久徳城のことについては百々に任せておったが、百々があのようなことになり、思うに任せぬ――」

賢政はゆったりと安座をし、扇子をつかっている。先頃の戦勝以来、すっかり落ち着きと貫禄を身につけ始めていた。

喜右衛門は、あるいは久徳城の降誘を命じられるのかと思ったが、賢政の言葉はもっと直裁であった。

「――、あの程度の城に手間は掛けとうない。わしは久徳も敏満寺も焼くつもりじゃ」

「……」

「で、不動院のことじゃが、不動院はお前もゆかりの寺、箕浦へ行けば一層近うなる。十分、気を配るとよい」

「ははっ。承知仕りました」

喜右衛門は賢政が自分と不動院との関係に気づかっていてくれるのが嬉しかった。

しかし、彼は賢政にいわれるまでもなく、箕浦へ行けば、すぐにも不動院に出かけるつもりでいた。

殊に、立子のことについて、先頃、須川の助兵衛から届いた便りによると、この春、彼が不動院に詣った時、立子が顔を見せず、心配した彼が祐賢に尋ねたところ、立子はこのところ体調がすぐれず、床に臥せっていることが多いという。風邪にしては永過ぎるゆえ気づかっているとも祐賢が語ったという。

不動院の帰趨のことと共に、その助兵衛の言葉がずっと喜右衛門の心の中にひっかかっていたのである。

箕浦に移る前夜、松乃を抱いてからも喜右衛門はなかなか寝つけなかった。

昼間、畑仕事に精を出している松乃はすぐに寝落ち、近頃は健やかそうな鼾をかくことが多い。その日焼けした丸顔を見つめながら、喜右衛門は立子の面影ばかりを追っている。立子への想いは自分だけの秘めごとなのだ。この気持を外へ出すことは生涯すまい。喜右衛門は改めてそう思った。

喜右衛門が箕浦城に移った日、今井定清は自分の方から、

「遠藤どのでござるか。それがし、定清でござる。ご高名はかねがね承ってござる。どうぞ、よしなにお願い申し上げまする」と、辞を低くして挨拶をした。

蟹のような平べったい顔に目が小さく、侍らしくない穏やかな顔つきで、喜右衛門は初対面の時から彼に親しみを感じた。

その数日後、喜右衛門は一夜、定清に招かれた。

彼の家老嶋若狭守やその息子四郎左衛門らと酒を酌み交わしたのであるが、今井一族の太尾城奪還にかける意気込みと一族の結束力はまことに強く、喜右衛門は何んとか彼らと力を合わせて太尾城の奪還に努めなければならないと強く思った。

そして、酒肴の品を運ぶ定清夫人の物腰がどことなく立子に似ているのが嬉しく、その夜、彼はこれまでになく酒を過ごした。

早く機会を見つけて不動院を訪れようと喜右衛門は改めて思った。

彼が遅くなって屋敷に帰ると、まだ才八と弥太郎が寝ずに待っていた。

「おっ、二人ともまだおきておったか」

喜右衛門は顔を真っ赤にして、ふうふうと荒い息をついた。

「いかい馳走になってのう。これこの通り酔ってしもうたわ」

「それはそれは結構でござりました。それでは、もう、休まれませ」

才八が答え、弥太郎が閨《ねや》まで送ろうとすると、喜右衛門は体を揺らしながら袖から出た太い腕をなでた。

「うむ、寝るには惜しい夜じゃのう。才八、稽古をつけてやろう。たんぽ槍を持て」

三人は箕浦に移って以来、無聊を持てあまし、夜しばしば槍を合わせていたのである。

「これからでござりまするか。大分お過ごしのようでござりますれば、今宵は……」

「よい、たんぽを持て」

才八は仕方なく、たんぽ槍を二本持って来て、一本を喜右衛門に渡した。

満月に近い月が頭上に輝き、三人の月影を庭面にくっきりと落としている。

「よし、弥太郎もよく見ておれ。さあ、才八、遠慮なく突いてまいれ」

喜右衛門はたんぽ槍を身構えた。才八も身構える。

喜右衛門の体は身構えた始めこそしっかりしていたが、すぐに肩が波打ち、穂先が揺れはじめた。

「才八、かかってまいれ」

それにもかかわらず、喜右衛門は才八を叱咤した。

ええいっ、突き伏せるか。才八は隙だらけの喜右衛門の構えを見て決心し、

「ええいっ」

という掛け声と共に、鋭くたんぽ槍を突き出した。
二、三合穂先が音を立てて絡んだと見ると、喜右衛門の槍がすっと前に流れた。喜右衛門の体ががら空きになる。
「とうっ」

才八は心持ち手加減をしてたんぽ槍を突き出した。それでも、白い布に包まれた槍先が鋭く喜右衛門の胸を突き、彼ははじかれたように仰向きに倒れた。

「お頭、大丈夫でござりまするか」

才八は慌てて喜右衛門を抱き起こした。

弥太郎も飛び出してきて、そのごつい体で喜右衛門を後ろから支えた。

喜右衛門はしばらく苦しそうに胸を押さえていたが、やがてそのままの格好で
「才八、見事じゃ。わっはは……。いかい上達じゃ。わっはは……」と、辺りに響くような大声で笑った。

滅多に笑顔を見せず、まして笑い声を立てることなどついぞなかった喜右衛門が顔をくずして笑ったのである。

才八と弥太郎は、今夜の喜右衛門はよほど気持よく酔ったのだろうと思いながら、地面に尻を着いたままの彼を助け起こしていた。

喜右衛門はそれからしばらく経って、才八を供にして不動院に向かった。

箕浦から多賀の在は約三里、喜右衛門の馬の尻には、不動院への寄進の反物と伊吹の薬草の包みが載せられている。

立子の具合はその後、どうであろうか。伊吹の薬草は血を新しくし、どのような病にも良いとされる煎じ薬であった。

佐和山を越えると、すぐに多賀道は東山道から分かれて山沿いに東に向かう。

やがて二人が多賀社の森に入り、不動院の前に立つと、すぐに急な訪れに驚いた祐賢が現れてきた。

祐賢はどこかの法要に出かけるつもりがあるのか、痩身に白衣をまとい、足元は白足袋であった。

「おお、これは、これは喜右衛門、久しぶりじゃ。さあ、さあ、上へ」

祐賢は先頃と同じように、喜右衛門が足を洗うのも待ち遠しいように書院へ誘っていった。

「ご無沙汰をいたしておりました。先頃、父より立子どののお具合を耳にいたし、案じながらも、なかなか暇が得られず、つい今日まで延引いたしてまいりました。まことに申し訳もございませぬ」

「なんの、なんの。お前も何かと忙しかろうに、わざわざの見舞い、却って痛み入るばかりじゃ」

喜右衛門が折り目正しく挨拶をするのをさえぎるように祐賢が答える。

祐賢も長い眉毛がすっかり白くなり、それが瞼に垂れているのが一層老いを感じさせる。

その内に下女が茶を運んできた。

祐賢がその下女に立子の具合を尋ねると、立子は書院に出てくるつもりで身づくろいをしているという。

やがて、廊下を渡るひそかな足音がして立子が姿を見せた。

「おお、立子どの」

「喜右衛門どの……、お久しうござりまする」

立子は丁寧に辞儀をしてから顔を上げた。

化粧をしていたが、顔色は喜右衛門が危惧したように紙のように白い。

松乃の日焼けした顔を見慣れている喜右衛門には、透けるような顔色に見え、顔自体も一回り小さくなったように感じられた。

それに、この季節だというのにもう重ね着をしている。

「お久しぶりでござりまする。お具合を案じておりながら、お見舞いにも遅れ……」

「申し訳のないことでございまする。ご奉公に忙しいのに、私の見舞いなど……」

「いえいえ、ただ今は家中も静かでござりますれば」

「賢政さまも、先頃は家督をつつがなくご継承とのこと、祝着に存じまする」

「有り難いことです。やがて、六角を滅ぼす日も遠くないことと存じております」

それから喜右衛門は賢政のことや、先年の野良田の戦いのことなどを、二人にゆっくりと話した。

特に、野良田の戦いの前夜のことについては、立子は自分の方から
「あの夜は気がかりでどうしても眠れませんでした。翌日、浅井方の大勝と聞き、本当に嬉しゅうございました」と、いまだにその日の気持を忘れかねるようにいった。

立子ははっきりと浅井方の大勝が嬉しかったと口にしているのである。

喜右衛門はその言葉を確認するようにもう一度しっかりと立子の顔を見つめた。しかも、その横で祐賢もにこやかに頷いている。

「有り難うござります」

喜右衛門は、二人の中で不動院の去就がすでに決まっていることを知り、声を高ぶらせて言葉を続けた。

「で、ただ今、それがし、太尾城を奪うために箕浦にまいっておりまするが、この城が落ちれば、すぐにでも浅井家は南に向かうことになろうと存じます。その場合――」

喜右衛門はかねて練り上げておいた考えを口にした。

それは、浅井軍が南進の軍を起こすまで、不動院はあくまで六角家に通じていると見せかけておいて、浅井軍が不動院を包囲した時点で、一転して浅井家に通じるというものであった。

従って、浅井勢進発の報と共に、当然六角勢も不動院に兵を送り込んで来るであろう。で、その兵らに対応するため、喜右衛門はあらかじめ才八と弥太郎を不動院に入れておこうと考えていた。

そして、浅井勢が不動院を囲んだ時点で、二人が内応するという算段である。

「――、このように致しますれば、先に久徳城から焼き討ちに合うこともなかろうと存じまするが・・・・」

注意深く喜右衛門の話を聞いていた祐賢は、喜右衛門の話が終わると、大きくうなずいた。

「結構じゃ。いずれはどちらかに付かねばならぬのじゃ。全てお前に任そう。よろしう頼む」

「お心を煩わせまして」

立子も祐賢に倣って頭を下げた。

しかし、その髪が急に細くなったように感じられ喜右衛門の心が痛んだ。幼い頃の立子は切り揃えにしていた髪が、まるで芒の穂を束ねたようにふっくらと盛り上がっていたのだ。

それから、喜右衛門は才八を呼び寄せて、二人に引き合わせた。

「おお、よい若い衆じゃ。男衆というには惜しい気もするが、その節にはよろしう頼む」

祐賢は才八にまで丁寧に頭を下げた。

「はっ、いずれその節には、こちらの方こそよろしくお願い申し上げまする」

才八も丁寧に挨拶をして引き下がって行った。

やがて、喜右衛門は話が一段落したところで、大きな包みを立子の前に取り出した。強い薬草の臭いが流れる。

「これは伊吹の薬草でござる。万病に効くとのことでござればお持ちいたしました」

立子はその薬草に鼻を寄せ、一瞬顔をしかめたが、すぐに
「これはこれは強い臭いですこと。さぞ、よく効くことでございましょう。お心配り嬉しく存じまする」と頭を下げた。

そこへ、まだ子供といえる墨染の僧が顔を出し、気恥ずかしげに喜右衛門に一礼した。

祐桓であった。細い顔をちょっと傾けるそぶりや、まぶしそうな眼差しが立子によく似ていた。

「おお、祐桓どのか。先年はお会いでき申さなかったが、ずいぶん大きくなられたのう」

「いえいえ、まだ幼くて困っておりまする」

喜右衛門がかけた言葉を立子が受けて、愛しげに祐桓を見やった。

祐桓は母親似の細い顔を昼顔のように赤らめた。そして、祐賢に出かける時刻がきたことを知らせた。

「法要に行かねばならぬ時刻のようじゃ。喜右衛門、お前はゆっくりしていくがよい」

そういって、祐賢は祐桓と共に書院を出ていった。

「せめて、あの子が成人するまでは生き永らえとうございまする」

立子は書院を出ていった祐桓の後姿を見送りながらいう。

「何を滅相もないことを……」

「父もずいぶん老いました。若い頃はそれはそれはよい読経の声と評判であったようですが、今は蚊の鳴くような声で……」

立子が口元に手をあてて笑った。喜右衛門も思わず頬をゆるめた。

「私、この頃は外へ出ることもほとんどございませぬ。部屋で筆すさびばかりいたしておりまする」

「とんと、武骨なものでござるが、何の筆すさびを……」

「歌仙絵の歌など写しておりますと、ほんに心が安らぎまする……」

「それはそれは……」

「不動院の歌仙絵もずいぶん古いものにて、もう剥落の部分がいくらかございますが、それを眺めておりますと、ほんに古人の心根の美しさにふれる思いがいたしまする」

立子は今日は気持がよいと見えて、子供の頃の思い出などをしきりに話し続け、その後、松乃のことも聞いた。

「奥方も達者でおられまするか」

喜右衛門の心が急に揺らいだ。

松乃のことだけは触れてほしくない気持がしきりにする。それに、立子と松乃は面識もないのである。

「は、はっ、田舎者でござれば、至って達者にて……」

「それはそれは……」

立子は喜右衛門のその気持をくんだように、すぐに話題を変え、再び二人の子供の頃の思い出話に戻った。

しかし、そうこうする内にも時は刻々と過ぎていく。

喜右衛門はあまり長居をすると立子の体に障るのではないかと何度も気づかったが、彼女はいつまでも話していたそうであった。

そして、喜右衛門がその思いを振り払うように立ち上がった時、立子が思いつめたようにいった。

「今度はいつお会いできるのでしょう――」

喜右衛門は思わず絶句して立子を見つめた。

喜右衛門を仰いだ彼女の目は熱でもあるかのように潤んでいた。

「――、私、もう、あまり生きられないような気がいたしまする」

「何をいわれまする」

二人の目がもう一度結ばれた。立子の目は吸い込まれるように一心に喜右衛門を見つめていた。

そして、彼女は急にめまいに襲われたように目をつむると、すうっと喜右衛門の胸に倒れ伏してきた。

「立子どの……」

喜右衛門はすぐに身をかがめるようにして、ゆるやかに彼女の体を抱きしめた。

彼の胸に入ってしまいそうな細い体から香が匂い立った。

「喜右衛門どの、喜右衛門どのの訪れ、今日の私にはどれほど嬉しいことか……。これで、心残りもござりませぬ」

「何を愚かなことを‥‥。もう一度、昔のような達者な立子どのにお戻りなさりませ」

喜右衛門は腕に力を入れて立子を励ました。

立子の黒髪が細い肩を滑り落ち、表着の背に広がっている。

喜右衛門はそんな立子の髪から自分の目をそむけるようにして、しばらく彼女の体を抱きとめていた。


その後、太尾城の奪還について、今井定清、又その家臣達と、喜右衛門らはしばしばその方策を検討していた。

太尾城は前面を琵琶湖の葦原にさえぎられ、三方いずれも急峻な山頂にあり、正攻法での攻撃はよほど兵力に差がないと無理であった。

しかし、このまま無為に日を送っているわけにはいかない。折角の浅井家の伸張に水を差すどころか、自分を与力としてつけてくれた賢政にも申し訳が立たない。

喜右衛門は月日が経つにつれて、徐々に焦りを覚えはじめていた。

そして、ようやく次の年の七月、喜右衛門の進言を基にして決定された方法は、先に城内へ伊賀者を忍ばせて放火させ、それに乗じて攻め込もうというものであった。

当然、浅井勢の援軍も得なければならず、喜右衛門は佐和山に出向いて行った。

佐和山城は太尾城から南へ約半里の位置にあり、江北の入口にある要衝であった。

野良田の戦いまでは百々内蔵助が預かっていたが、その後は磯野員昌が預かっており、坂田南部の仕置きは彼に任されていた。

従って、この依頼は順序として磯野を通さなければならなかったが、喜右衛門の気持は重かった。

彼は磯野と、その野良田の戦い以来、急に気まずい間柄におちいっていたのである。

あの時、戦機を失うまいと百々が突撃した時、磯野も遅れずに突進しておれば、百々が六角勢に包まれて命を失うこともなかったはずである。

それを、その後、喜右衛門がつい百々を惜しむあまり、不用意に賢政の近習にもらしたため、それが磯野の耳に入り、以来二人の間柄はとげとげしくなっていたのである。

案の定、喜右衛門を迎え、彼の話を聞いた磯野は整った顔に露骨な嫌悪感をあらわにした。

「遠藤どの、そのようなことは、目論見の時から、それがしにも相談があってしかるべきではないのか」

「はっ、申し訳ござりませぬ。当初は今井勢だけで何とかいたさねばと考えておりましたので」

喜右衛門の胸から脇にかけてじっとりと汗がにじんでくる。

苦しい言い訳であった。喜右衛門もずっと磯野に伺いを立てねばとは思っていたのである。

しかし、彼の胸に巣くっている磯野への反発がそれをさせなかったのである。

「で、それがしに出兵してほしいというのか」

磯野は苛立たしそうにいった。

しかし、磯野としても、これが今井家からの正式な申し込みである以上、小谷城に伝達しなければならない。

そして、これを受けた賢政は当然磯野に出兵を命じるに違いない。結局は喜右衛門の目論見どおり動かされる。それが磯野には腹立たしかった。

「いえいえ、お屋形とご相談の上、どなたかにご助勢をお願いできればと存じまする」

喜右衛門は平伏したまま答えた。

「……」

磯野は憤りで顔を赤らめしばらく返事もせずに喜右衛門を見すえていた。

そして結局、この方策は賢政の認めるところとなり、太尾城の夜襲は磯野勢の助勢を得て、七月一日に行われることになった。

丁度、その夜は新月に当っており、晴れてはいたが、辺り一面漆を流したような闇夜であった。

すでに伊賀者は、今井定清の指示を受け、尾根伝いに太尾城に忍び込むため姿を消していた。

集結をすませた今井勢は亥の刻に城を出て、太尾城に向かう。

一方、磯野勢も同時刻に佐和山城を出て、深坂まで進んで兵を伏せた。

今井定清と喜右衛門の手勢は、天野川を渡り、子の刻過ぎに亀山に着いた。

これで、太尾城を南北から攻めかかる態勢ができ、両軍は城内から火の手が上がるのを静かに待った。

暗闇の中、刻一刻と時が過ぎゆき、やがてかねて打ち合わせの丑の刻になった。

両軍の将兵は固唾を飲んで、黒々と静まっている太尾城を見上げている。

しかし、いつまで待っても、火は上がらず、太尾城は静まり返ったままである。

「妙でござるのう」

定清が横に馬を並べている喜右衛門に苛立った表情でいう。

彼の顔には、先ほどまでやっと太尾城の奪還の時がきたという興奮の色が浮かび上がっていたが、今はいつまで待っても城内から火が上がらない苛立ちで、目に落ち着きがなくなっていた。

兵達の間にもざわめきが広がり始めた。

伊賀者はどうしたのか。まさか捕まったのではあるまい。捕まったのなら、城の方にざわめきが起こるはずであるが、城は相変わらず静まり返っている。

喜右衛門も先ほどからずっと苛立ちを覚えていたが、それを押し殺して定清に答えた。

「今しばらくお待ち下され。よもや伊賀者がしくじったとも思われませぬゆえ」

定清は忙しく汗をぬぐいながら、城から目を離さない。

その内に、今井家の家老、嶋が定清の横へ馬を寄せてきた。

「お屋形、どうやら忍びがしくじったようでござる。あるいは、すでに敵はこのことに気づき、待ち受けているのかも知れませぬ。喜右衛門どの、ここは退くのが賢明かと……」

そういいながら、喜右衛門にも落ち着いた目を向けた。

「うむ、残念でござるが……」

喜右衛門は唇を噛んで東の空を見た。

いつの間にか山際がほのかに白み始めている。

喜右衛門の脳裏に磯野の皮肉っぽい笑いが浮かんだ。

おそらく、彼は、挫折しつつある喜右衛門の策略をひそかに嘲っているのではないか。

そう思うと、馬を退くのは何としても口惜しいが、やむを得ない。磯野に詫びるより仕方がないだろう。

喜右衛門がそう思いを決した時、定清が退き上げを命じた。

「退き上げじゃ。退き上げじゃ」

定清の顔はいかにも心残りがするようにひきつっていた。

喜右衛門も引き上げの下知を下し、その手勢も今井勢に続いて静かに退き上げを始めた。

定清も喜右衛門も何度も太尾城を振り返った。

そして、これでもう太尾城が見えなくなるという地点で喜右衛門が振り返ると、その時、太尾城から細い火が上がりはじめたのである。

「今井どの、火でござるぞ」

喜右衛門が叫ぶと同時に、定清も目を太尾城に向けた。

「しまった。早まったぞ。今しばらく待っておればよかったものを」

定清は目を吊り上げて叫んだ。

「お屋形、磯野どのに先を越されますぞ。すぐにお戻りを」

嶋の息子、四郎左衛門がまなじりを決して叫んだ。

磯野勢は今のところ、浅井勢の最強といわれる軍勢である。

その磯野勢の援軍が決まって以来、定清が何よりも磯野勢に遅れを取ることを怖れていたことを四郎左衛門はよく知っている。

「よし、者共、退き返せ。退き返せ。磯野勢に遅れをとるな」

今井勢は急な転進で、芋の子を洗うような混雑になった。

その中を、定清は掻き分けるようにして前へ前へと進み、ついに先頭に出た。喜右衛門も後に続く。

太尾城の火はいよいよ大きくなっている。

そして、太尾城までの坂道に出た時、定清は遅れている自軍を整えることもせず、「それっ、突入じゃ」と叫ぶと、自ら先頭に立ってまっしぐらに坂道に駆け上がっていった。

当然、一度、隊を整えてから突っ込むものと考えていた喜右衛門は「あっ」と叫び声を上げて、慌てて定清を押えようとした。

しかし、定清はそれを振り払うように単騎で飛び出していた。

やむなく喜右衛門は
「それっ、お屋形に続け」と叫びながら槍を突き立てた。

が、その時、太尾城の方から、数騎の騎馬武者が黒い固まりとなって駆け下りて来た。

皆、兜の眉庇を傾け、夜目にも光る槍を掻い込んでの突撃態勢である。

危ない。喜右衛門は思わず息を飲んだが、その瞬間、定清はその数騎と真正面からぶつかり、両者の槍が乾いた音を立てた。

そして、騎馬集団を突き抜けたかに見えた定清は一瞬棒立ちになると、そのまま飛ばされるように仰向けに落馬した。

「どこの軍勢ぞ」

定清を追っていた喜右衛門は大声で詰問した。

「磯野丹波守の近習、岸沢与七」

「何っ、我らは今井の軍勢ぞ」

喜右衛門が同士討ちと知ってほぞをかんだ瞬間、その数騎も驚いたように馬を止め、迫って来る今井勢を凝視した。

そして、すぐに背後から殺到してくる自軍に向かって
「返せ、返せ、これは今井の軍ぞ」と絶叫した。

喜右衛門は慌てて馬から飛び降り、定清を抱き起こした。

「今井どの」

しかし、見開いたままの定清の目はすでに動かない。

「今井どの」

喜右衛門が定清の体を激しく揺すると、首が曲尺《かねじゃく》のように曲がり落ちた。

何ということだ。同士討ちで大将を失うとは――。

定清の背中に回した喜右衛門の手が見る見るうちに血に濡れていった。

嶋も四郎左衛門も馬を飛び降りてくる。

定清を囲んで、今井勢は呆然とたたずむばかりである。

その内に、城戸近くまで攻めかかっていた磯野勢も後退をはじめた。

両軍ともすっかり戦意を失い、もはや完全に夜襲は失敗である。

やがて、東の空に曙光が走りはじめ、両軍は意気消沈して退却を開始した。

喜右衛門もうちひしがれた思いで馬にまたがっていた。

当然その責任の一端は自分にもある。脳裏には切腹の思いが何度も浮かんでは消えた。

箕浦城へ帰りついた喜右衛門は、とりあえず嶋に
「それがしの進言が思いもかけぬ事態を招き申した。それがしの責任でござる。直ちに小谷城のお屋形にご報告申し上げ、処断をお願い申し上げまする」と伝え、小谷城に走った。

「戦に齟齬《そご》はつきものでござる。くれぐれも早まったことはいたさるるな。」

嶋は喜右衛門の心中を察して、その手を握り強い口調でいった。

「忝けのうござる。では、直ちに」

「決して早まったことはお考えになるな」

嶋は喜右衛門の馬まで追ってきてもう一度念を押した。

喜右衛門が馬を飛ばして小谷城に着くと、すぐに賢政が現れた。

まだ頬には青年らしいふくらみが残っていたが、黒い大紋に包まれた体つきは逞しく、すっかり浅井家の棟梁としての貫禄が備わっている。

「何と、今井どのが」

賢政は喜右衛門の報告を聞くと、一気に顔を赤らめた。

「はっ、何とも申し訳なく……」

賢政はしばらく声も出ない風であったが、やがてしぼり出すように口を開いた。

「……、何が起こるか分からぬのが戦さ場の常ではあるが、味方の大将を同士討ちで失うとは……」

「はっ」

「伊賀者が火を上げるのが遅れたのはやむを得ぬ事情があったのであろう。それにしても、今井どのも、磯野の軍も、味方同士とは何故分からなかったのじゃ」

「何とも申し訳なく……、ただ、今井どのも、磯野さまに遅れを取るのを殊の外怖れられ、逸りに逸っておられましたし、磯野さまの軍は、あるいは挟み撃ちにされたと錯覚されたのではと……」

「指物などは見えなかったのか」

「はっ、あいにく払暁《ふつぎょう》にて、見えにくい頃合いではござりましたが……」

賢政は腕を組んで瞑目した。

今井定清は、昨年、浅井家に臣従を決意し、長い流寓生活から帰城したばかりである。

定清本人はもとより、苦難に耐えた一族の強力な団結力は浅井家にとっても大きな戦力と期待されていたのである。

又、一方、磯野一族も亮政の時代からの有力な家臣団である。

やがて、賢政は瞑目していた目を開くと、喜右衛門にはっきりと命じた。

「今までの事情は相分かった。もう一度、立ち返り、磯野からも十分事情を聞くがよい――」

そして、更に言葉を強め、

「喜右衛門、早まったことは余が許さぬ。よいな」と厳しくいいわたした。

「は、はっ」

喜右衛門は賢政に先を取られ、言葉もなく平伏した。顔に汗が吹き出し、瞼に涙があふれ出てしたたり落ちた。

やがて、賢政が立ち上がる気配がしたが、喜右衛門は顔を上げることもできず、ずっと両手を着いたままであった。

喜右衛門はその日の内に箕浦に立ち返り、更にそのまま佐和山城へ向かった。

喜右衛門が佐和山城に着くと、もうすっかり夜も更けていた。

蝋燭の灯りに照らされた武者溜りでしばらく待たされた後、喜右衛門は磯野と面会したが、磯野の整った端正な顔にも疲労の色が濃く、眉間には不機嫌そうな皺が寄せられていた。

しかし、その目には単なる不機嫌さだけではない、落ち着きのなさも浮かんでいる。

さすがの磯野も、自分の配下の起こした大きな過ちに、足が地に着かない様子であった。責任も重大である。

が、思えば、全ては喜右衛門の進言した企てから生まれ出たことである。磯野はその憤懣を吐き出すようにいった。

「お主の策に乗ったばかりに、とんでもないことになってしもうたわ」

「はっ、申し訳ございませぬ」

「何故に今井勢はあのように早く退き上げたのじゃ。お主らが退き上げたと知って、それがしの手の者も大手門へ向かったのじゃ。そこへ、いきなり切り返して来られれば、挟まれたかと錯覚するのも無理のないことじゃ」

磯野は目を吊り上げ、まるで全ての責任が今井勢にあるかのようないい方をしたが、喜右衛門はそれに抗す言葉もなかった。

しかし、喜右衛門は賢政の命を受けている。訊くべきことは訊かねばならなかった。

で、喜右衛門が顔を上げ、

「申し訳ございませぬ。全ては当方の判断の誤りから出たことでござりまする。しかし、おそれながら今井どのに槍をつけた侍の名前は……」と口にすると、磯野はいきなり堪忍袋の緒を切ったように声を荒げた。

「お主はわしを糾問しようというのか」

「いえいえ、それがしの役目でござりますれば……」

「何が役目じゃ。わしはお主に糾問などされるいわれはない。わしは明日、直接お屋形に事情を説明に参るつもりじゃ」

「……」

「それより、お主こそ、この責任はどのように取るつもりじゃ」

磯野は喜右衛門の顔を見すえたが、喜右衛門はその目をはね返し、腹をすえて答えた。

「それがしの命は先ほどお屋形さまにお預けしてまいりました」

「ならばもういうことはない。わしは今も申した通り、明日早々に小谷へ参るゆえ、これにて失礼いたす」

磯野はいうだけのことをいうと、喜右衛門を睨みつけて立ち上がった。その顔には、たかが侍大将風情になぜわしが糾問を受けねばならないのかという腹立たしさがありありと浮かんでいた。

磯野は直垂姿の裾を蹴立てるようにして部屋を出て行った。

そして、結局この事件は一月後に、賢政が、定清を誤って殺害した岸沢与七に生害、磯野員昌に今井一族への起請文を出さしめ、定清の一子、小法師丸の後見を命じることで落着したのであるが、今井一族にとってはまことに無残な結末となってしまった。

喜右衛門には処分はなく、すぐに小谷城に退き上げるように連絡が届いた。

喜右衛門にとってもまことに後味の悪い退き上げであった。

しかし、賢政に帰城の報告をすませ、屋敷に戻ってきた彼を迎えた松乃は、太尾城の顛末は十分聞いている筈であるのに、

「お帰りなさりませ」と、その日の朝、彼を送り出したようなあっけらかんとした顔で彼を迎えた。

今の喜右衛門にはそれの方が嬉しく、彼は改めて物事にこだわりのない妻を有り難く思った。

そして、彼はその日は終日、開け放った居間にごろりと横になっていた。

喜右衛門の脳裏に、一夜定清の屋敷に招かれた時の彼のにこやかな酔顔が浮かんだ。

その定清もあっという間に落命し、更にその前には、百々内蔵助もあえなく戦死していた。どうして、このように自分と厚誼を重ねた者が次々に命を失っていくのだろう。

やがては自分の番ぞ。

喜右衛門は、自分が命惜しみをしていると取られることを、特に磯野員昌にそう取られることを何よりも怖れていた。

命を賭けるべきときが、一日も早く訪れることを喜右衛門は切に願っていた。

翌年二月、満を持していた賢政はついに犬上の郡に軍を入れた。

この進軍によって、久徳城、敏満寺など犬上の郡に残る六角家の勢力を一掃し、更に北に残る太尾城の立ち枯れをねらったのである。

すでに昨夏、太尾城の奪還に失敗した時点で、この作戦を告げられていた喜右衛門は、その時、すぐに才八と弥太郎を不動院に送り込んでいた。二人は不動院野の男衆になりすまし、この機会に備えている。

佐和山から犬上の郡に出た賢政は鳥籠山《とこのやま》の裾に本陣を置き、本隊の新庄直頼の軍勢を久徳城に向かわせた。

佐和山の磯野勢は六角勢に備えての後詰である。

そして、喜右衛門は今井勢の助勢を得て不動院に向かった。

「我が軍は不動院を囲む。但し、付近への放火と狼藉は厳禁じゃ。違反するものは斬るぞ」

喜右衛門は自軍の兵をにらみ回して下知し、多賀道に入った。

その頃、すでに不動院では、敏満寺から駆けつけてきた僧兵達が三方の木戸を閉ざし、その前に逆茂木を積み上げていた。

才八と弥太郎も何食わぬ顔でそれを手伝っていた。

二人は喜右衛門の軍勢が不動院を囲んだ時点で、僧兵達を斬りすてる手筈であった。

鐘楼の上には、じっと久徳城の方を見つめている祐賢の姿が見えた。

すると、その内に馬蹄の音が地響きのように聞こえ、こちらに向かってくる一団があった。

「浅井勢がこちらに向かって参りますぞ。まさか火をかけるとは思われませぬが」

長刀を抱えた僧兵達が鐘楼を駆け上がって来て、その内の一人が顔をこわばらせて祐賢にいった。

やがて、久徳城の方向に煙が立ち始めた。新庄の軍勢が放った火が城内に回り始めたのである。

しかし、この期に及んでも六角勢の援軍はなかった。鳥籠山の磯野の軍勢を怖れて出てこないのである。

そして、ひときわ大きな歓声が聞こえ、久徳城はあっけなく落城した。

不動院では、押し寄せた喜右衛門の軍勢が周囲を取り囲み、やがてその中から合図の狼煙が上がった。

それを見て、才八と弥太郎が鐘楼に駆け上がる。すでに手には槍が握り締められていた。

「院主さま、久徳城も落ちました。とく、こちらに」

才八は祐賢を誘う格好をして近づくと、一気に大将格の僧兵に槍を突き出した。

槍先はその胸板を刺し貫き、僧兵は声も立てずに鐘楼から落下していった。

「わっ、百姓ども、何をするっ」

僧兵達は驚愕して二人を見つめたが、すぐに弥太郎の槍が風車のように回転して彼らを殴りつけた。

顔面に弥太郎の槍をまともに受けた僧兵は血を吹いて倒れ伏す。

すぐに長刀を構える僧兵もいたが、二人の槍は鋭い。次々に突き立てられ、瞬く間に鐘楼から叩き落とされた。

そして、その間にも才八は鐘楼を飛び降り、正面の木戸を押し開いた。

すぐに喜右衛門の馬が飛び込んでくる。

喜右衛門はすぐに鐘楼に駆け上がり、祐賢の手を握った。

「喜右衛門、すべてお前の思惑通りすすんだ。礼をいうぞ」

祐賢も震える手で喜右衛門の手を握りしめた。

「立子さまは」

喜右衛門が問いかける間もなく、弥太郎が立子の手を引いて鐘楼に上がってきた。

二人の目が結ばれたが、立子の顔は透き通るように蒼白であった。足元も立っていられないほど激しく震えている。

「立子どの、お体にさわりまする。とく、お部屋に」

喜右衛門は立子の体をいたわったが、その時、祐賢がうめくような声を出した。

「おお、敏満寺じゃ。敏満寺にも火が上がったぞ」

喜右衛門がその方向に目を向けると、青龍山の麓からもどす黒い煙が上がっていた。すでに浅井勢の一部が敏満寺に回り込み、火を放ったようである。

その火は時と共に大きくなり、やがて舞い上がる火の粉まで見え始めた
「おお、敏満寺も……」

立子は立ち眩みにおそわれたように顔を伏せると、崩れるようにしゃがみ込んだ。

「立子、これも戦国の世の慣いじゃ。やむを得ぬことぞ……」

祐賢もしゃがみ込んでその肩を抱いた。

その薄い肩が、衝撃に耐え切れずに激しく震えるのを正視できず、喜右衛門は敏満寺の方に目をそむけた。

敏満寺の火はもう紅絹《もみ》を広げたように大きくなっていた。

信長

小谷城に月日が流れていき、不動院と浅井家の関係も年毎に深くなっていった。

浅井家は多賀社の神領をこれまで通り保護し、不動院は年初や事あるごとに賢政の長寿と浅井家の興隆を祈って護摩札を謹送した。

浅井家では、その返礼にしばしば金子を寄進し、喜右衛門はその使いとして年に一度は不動院を訪れていた。

立子との間のことは、先年不動院に彼女を見舞った時以来、もう何もなかったが、喜右衛門は彼女の顔を見るだけで満足であった。

彼女に会うたびに、喜右衛門の心は春雪が陽にはじけるようにときめいた。

立子の病状はその後小康状態にあるようであったが、祐賢がその後、ひそかにもらしたところによると、どうやら彼女の病気は労咳であるという。

この病は進むことはあっても、決して治癒することはないと聞き、そのことが喜右衛門の心にずっとひっかかっていた。

そしてこの頃、小谷城には、尾張の国で急速にのし上がってきた織田信長の噂がしきりに聞こえはじめていた。

信長は永禄三年に駿河の今川義元を桶狭間に滅ぼし、この頃はさかんに美濃の斎藤竜興を攻め続けていた。

一方、斎藤家は浅井家の頭越しに六角家と結び、常に浅井家を挟撃する態勢にあった。

いわば浅井家と織田家はこと斎藤家への戦略では利害が一致していた。

そこで、両家の間には必然的に姻戚の話が持ち上がり、賢政と信長の妹お市との間に縁談が進められることになった。

しかし、この縁談には一つの大きな問題があった。

それは、この縁談が浅井家の盟友である越前の朝倉家にどのような影響をあたえるかという懸念である。

朝倉家と織田家の関係は古くから良くなく、当然この縁談は朝倉家の反発を買うに違いなかったのである。

特に、久政はこの危惧を強く持ち、この縁談には当初からきわめて慎重であった。

従って、この話が家中に広まるにつれ、家中の意見は真二つに割れた。

久政に近く、いわば旧誼を重んじる者達はこの縁談に反対し、信長の実力を評価する者達は賛成した。

そして、磯野員昌は賛成派であった。

喜右衛門自身は、磯野との関係や久政の小姓上がりであった関係から、すぐに前者に色分けされてしまっていた。

事実、彼はしきりと聞こえてくる噂から、信長の驕慢のにおいを嗅ぎ取り、まだ見ぬ人物ながら直感的に信長に警戒すべきものを感じていた。

それに、喜右衛門は朝倉家には知己も多く、その堅実な家風には親しみも感じていたのである。

一度、小丸にお伺いしてみよう。

喜右衛門は久しく拝顔していない久政の下ぶくれの穏やかな顔とその隠居所を思い浮かべていた。

先年、久政の逆鱗にふれた喜右衛門であったが、二人の間柄はすでに修復していた。

数年間の小姓生活は、そのようなこじれを時間と共に氷解させるだけのものを持っていたし、賢政が思い切ってとった六角家との決別策も今のところ正しい選択といえたのである。

喜右衛門が久政の隠居所である小丸を訪れると、久政は綿入れに裁着の姿で喜んで彼を迎えた。

書院の片隅にはまだ火桶が置かれている。

喜右衛門が平伏し、形通りの挨拶をしようとすると久政はそれを制し、顔を突き出すようにして語りかけた。

「喜右衛門、よいよい、近う寄れ」

「は、はっ、それではお言葉に甘えまする」

喜右衛門は久政ににじり寄って、安座を組んだ。

「久しぶりじゃのう。その後、いかが致しておる」

久政は賢政の父とは思えぬ華奢な体つきで、艶やかな小ぶりな顔の目じりには柔和な皺が寄っている。

この久政に数年間仕えてことによって、喜右衛門の直情径行の質がどれほど矯正されたことか、それは他ならぬ喜右衛門が一番よく知っている。

喜右衛門はいまだに久政の前に出ると、父親の前にいるような安堵感を覚える。

二人はしばらく余の話をしてから、喜右衛門の方からその話を切り出した。

「承れば、お屋形さまのご縁談もお進みとのこと、祝着至極に存じまする」

「うむ、祝着なことかのう。今日、そちが来たのもそのことではないのか」

「いえいえ、お気晴らしにでもと存じまして……」

「ふふ……、まあよい。そちは無骨者のくせに、存外まめな気遣いもできるゆえにのう」

「いえいえ、恐れ入りまする」

「うむ、実はそのことでは余も思い悩んでおるのじゃ。果たして、いずれが浅井の家に幸いするかでのう……」

「……」

「なるほど、わずかの兵で今川殿を滅ぼすなど、その武略は天賦のものじゃ。しかし、尾張一国を切り従えたやり方や、今の美濃攻めを見ておると、今一つ信長という男が信用できぬのじゃ」

「・・・」

「余りにもことをなすに性急ではないか。それに、朝倉家との関係がよくないのが何より気がかりじゃ」

「御意、それがしもそれを心配いたしまする」

「かといって、かの家の実力を認めぬわけには参らぬしのう」

久政は気心の知れた喜右衛門の前だけに、苦悩の色をあからさまにした。

現状から見れば、信長の美濃平定は早晩疑いのないところである。

そうなれば、織田、浅井両家は境を接することになり、この同盟がなければ、浅井家は脇腹に織田家の槍を突きつけられることになる。

又、浅井家が続けている六角家とのせめぎ合いにもこの同盟は大きな力になることであろう。

「いずれにしても、余はもはや隠居じゃ。最後は賢政の決断ということになろうが、朝倉家と当家の関係は昨日や今日のことではない。この関係だけは何より大事にするように伝えておるところじゃ」

久政はしばらく口をつぐんでいたが、やがて思い出したように表情をなごめて喜右衛門を見た。

「それはそうと、喜右衛門、そちはまだ、ややに恵まれぬそうじゃのう」

「恐れ入りまする」

「ははっ……、嫁御をいつくしんでおるのか。そちは今いくつじゃ」

「はっ、三十も半ばでござりまする」

「まだまだこれからではないか。精々励むがよい」

そういって、久政は一転して気持よさそうに笑った。

もう春もたけ、じっとしていても汗ばむ暑さであったが、深い谷の底からは鶯の声が聞こえてくる。


翌年の四月、賢政はようやくお市を娶った。

併せて、賢政は信長の一字を貰い受け、以後、備前守長政と名乗ることになった。

この縁談に終始慎重であった久政も、信長が浅井、朝倉の関係を尊重し、浅井家への断りなしに朝倉家とことを構えることはしないと誓約したこと、更に織田家の軍事力を評価する磯野らの若い家臣達の意向に抗し切れなかったのである。

しかし、家中には相変わらず、朝倉家との同盟を重視し、信長を警戒する家臣団も多かった。

そして、喜右衛門自身も、長政の婚儀自体には心から慶祝しながらも、その一人であったのである。

こうして、妻を娶った長政は一段と落ち着きが加わり、家政にも一層積極的に取り組み始めた。

二人の仲もきわめて睦まじく、永禄七年には長子満福丸が誕生した。

一方、浅井家と同盟を結んだ信長も、永禄十年八月には斎藤竜興を伊勢に放逐し、美濃を平定していた。

信長はこれより先、すでに三河の徳川家康とも同盟を結んでいたので、当面、信長の上洛を阻むのは南近江の六角家だけとなった。

又、信長は上洛の名目を得るため、越前の朝倉家に流寓している足利義昭を織田家に迎えようと、義昭の近習、細川藤孝や明智光秀に働きかけていた。

当然、義昭を懐にしている朝倉家ではこれが面白くなく、両家の間はさらに悪化し始めていた。

織田家の家臣がしばしば小谷城に駆けつけ、又その一部は浅井領を通過して越前に駆け抜けていった。信長の迅速な布石が早くも浅井、朝倉両家をあおりたてていくようであった。

いきおい、喜右衛門の調練も激しさを加えていく。

彼は槍衆の指導を担当していたが、いつしか彼は信長が考案したという長槍集団を念頭においての調練もはじめていた。

やがて、義昭を織田家に迎えた信長は上洛を開始する。

その時、信長が朝倉家に供奉を求めた場合、朝倉家はそれに従うかどうか。

朝倉家が従った場合はよい。しかし、もし、朝倉家がそれを拒んだ場合は、織田家が越前に兵を向ける絶好の口実を与え、浅井家の立場はきわめて微妙なことになる。

そして、喜右衛門はその場合、浅井家はついに朝倉家には兵を向けられないのではないかと考えていた。

信長の勢力伸張は続き、永禄十一年に北伊勢を平定し、その夏、義昭は朝倉家を離れて織田家を頼ることになった。

一方、世の慌ただしさをよそに、喜右衛門と松乃の間には平穏な日々が流れていた。

まだ松乃には懐妊の気配はなかったが、二人の仲はそれはそれで睦まじいものがあったのである。

殊に喜右衛門は、松乃と立子とに使い分けている己の心に後ろめたいものを感じながらも、松乃へは妻としての愛情を強く感じていた。

松乃もそれに応えるかのように、喜右衛門の心を詮索することもなく、穏やかな気性そのままに彼に仕えていたのである。

小谷城の本丸からは、北近江一帯の眺望が広がり、その野面の果てには琵琶湖が見え、更にその果てには遠く西近江の山嶺が霞んで見えた。

浅井家の勢力もその西近江まで浸透し、すでに高島郡の一帯は浅井家に降っていた。

目を南に転じると、横山の山塊の向こうに鍋の尻のような姿をした霊山《りょうぜん》がぼんやりと見えている。

喜右衛門は先ほどからじっとその山を見つめていた。

その山の向こうに、不動院がある多賀の庄があり、立子が住んでいる。

喜右衛門はここ一年ばかり不動院を訪れていない。

立子の病が気になりながらも、不動院へ向かう暇がなかなか見つけられないのである。六角家の動きからも目が離せず、積極果敢な信長がいつ行動を起こすかも分からず、浅井家中はずっと臨戦態勢をとっていたのである。

その間にも、不動院からは便りが届いていたが、立子の病状については何の知らせもなかった。病状を遅らせることはできても、決して治癒することはない病と聞いており、喜右衛門はその進み具合ばかりを案じていた。

やがて、吹く風に秋の気配が感じられるようになった頃、突然信長の申し入れにより、信長と長政の初めての対面が佐和山城で行われることになった。

信長の目的の一つは義弟との対面であったが、一方、六角家への示威の目的も大きかったので、対面場所は浅井家の領内でも最も六角領に近い佐和山城が選ばれたのである。

その日は残暑が厳しい日であった。

信長一行を迎えるため、長政は昼前に佐和山城の北にある摺針峠に着いた。

今回の接待役を務める磯野員昌ほか、喜右衛門ら旗本も供をしていた。

しかし、この頃には、磯野と喜右衛門の仲は更に悪くなっていた。

喜右衛門は目上でもあり、年上でもあった磯野にそれ相応の接し方をしていたが、磯野は太尾城の夜襲失敗以来、喜右衛門の顔も見たくないという態度をあからさまに取り続けていたのである。

摺針峠の頂上に着くと、すでに辺りの夏草はきれいに払われ、広場には浅井家の三つ亀甲の紋の幔幕が張られていた。

そして、その中央には二人が対面する胡床が置かれ、朱塗りの長柄傘が差しかけてある。

風が流れると涼しかったが、日差しは強く、長政はそのふくよかな赤ら顔にびっしりと汗をかいていた。

「どのようなお方かのう」

長政は後ろに控えている磯野を振り返っていう。

その顔には、初めて信長に会うという緊張の色が強く浮かんでいた。

「は、はっ、それがしも未だお会いしたことがありませぬゆえ」

磯野も整った顔を固くして答えている。

やがて、先駆けの騎馬が砂塵を上げて駆け戻ってきた。

「信長さま、ただいま番場を出られ、摺針峠にかかられました」

「うむ、ご苦労」

長政が答え、辺りは急に静まり返った。

蝉の声だけがひとしきり盛んに聞こえる。

喜右衛門も先ほどから長政の後で片膝を着いていたが、一人の人物の到来がこれほどまでの緊張感を辺りに与えるのを初めて経験していた。

「信長さまご一行、見えましてござります」

広場の外れから、物見をしていた侍の大声が聞こえる。

長政や喜右衛門は我慢しきれずに立ち上がり、広場の外れに移動した。

眼下の曲がりくねった山道を信長一行が二列縦隊になって上がってくる。

木瓜の旗印が風になびき、信長が自慢しているという長槍の穂先が初秋の日差しにきらめいていた。一行は約二百名ばかりと見えた。

すでに、周辺の敵は全て切り従え、義弟の領内への旅とはいえ、その数は余りに少ない。

「信長どのの供はわずかあれだけか」

長政は驚いたような顔を磯野に向けた。

「はっ、そのようでございまする」

「放胆なお方よのう」

長政は感嘆したような声をもらした。

喜右衛門にはすぐそれが信長の浅井家に対する懐柔策であることに気づいたが、それでもその大胆さには舌を巻く思いであった。

その内にも、信長の一行は峠に近づいてくる。

近づいてくると、兵達は全て新しい丹塗りの胴丸姿で、長槍と旗印を持っている以外の兵はみな鉄砲を肩にしていた。その鉄砲も全て新品と見受けられ、銃身が鯰の脇腹のように光っている。

やがて、一行が広場に着くと、その中央を進んでいた大紋姿の侍がひらりと馬を飛び降り、すたすたと幔幕に近づいて来た。

太刀持ちの小姓が慌てて後を追う。

そして、その侍は幔幕に入るや、辺りに響くような甲高い声を出した。

「備前守殿か。それがし、上総介信長でござる」

長政ははじかれたように立ち上がった。

「これは、これは、初めて御意を得まする。それがし、備前守長政でござりまする」

それでも、長政は丁寧に一礼したが、信長の型破りなやり方にいきなり飲み込まれたような狼狽が顔に表れている。

「わざわざの出迎え、ご苦労でござった。以後、よろしう頼み参らせる」

信長はわずかに鼻髭を置いた白く細長い顔をゆるませて長政を見た。その高い頬と鼻筋が赤く日焼けしていた。

「まずはこちらへ」

長政が胡床をすすめると、長政は鷹揚に腰を下ろし、先ずは周辺にひざまずいている長政の家臣達をぐるりと見回した。細い眼から透かし見るような眼差しが鋭い。

「先ずは、粗茶など……」

長政が茶の用意を命じると、信長はすぐにいった。

「あいや、喉が渇いた。水がよい。冷たい水はあるかの」

長政は慌てて近習達に目をやるが、特別な水の用意はない。小者達が腰の瓢箪に詰めている水があるだけだ。

「ないか。では、誰か水を持て」

信長が自分の近習に大声で命じると、小姓が瓢箪をささげるようにして駆けつけてくる。

信長はそれを受け取ると、いきなり瓢箪を口にし、喉を鳴らしながらうまそうに飲んだ。

それから、信長は長政の家臣達の挨拶を受けたが、最初の磯野を始め、一人ひとりににこやかな会釈を返しつつも、その眼は冷徹に人物を見すえているようであった。

喜右衛門もにじり寄って挨拶をしたが、その時も信長は笑顔を見せながらも、射通すような鋭い眼を向けた。

喜右衛門は信長の前を膝退しながら、ほとんど直感的に、信長が自分の想像していた人物と寸分違わぬ人物であることを確信した。信長は喜右衛門とほぼ同年輩と見えたが、喜右衛門は彼に単なる傲慢さだけではない不気味で強靭なものを強く感じとった。

やがて、小休止を終えた一行は佐和山に向かう。

摺針峠から佐和山まではもう目と鼻の先である。

信長と長政は馬を並べたが、二人の会話は先ず信長から声をかける形ですすめられ、二人から離れている喜右衛門には信長の甲高い笑い声ばかりが聞こえてくる。

それに対し、長政は終始礼儀正しく受け答えをしているようであるが、その声は喜右衛門のところまでは聞こえてこなかった。

この同盟はやはり間違いではなかったか。

喜右衛門は二人の後姿を見ながら早くもそう思い始めていた。

今の二人のやりとり、姿かたちが今後の二人の力関係を如実に示しているのではないか。

このままでは、長政は終始信長の頤使《いし》に甘んじなければならないのではないか。

喜右衛門の直観がしきりとそう告げていた。

信長を迎えた佐和山では、先ず信長と長政だけの余人を交えぬ会談が行われた。

その席で、信長は近く義昭を奉じて上洛したい。ついては、先頃から六角家に対し、その供奉を命じているが、未だに回答がこない。

六角家が率直に供奉に応じるならよし、もし、これを拒否した場合は当然、兵を向けなければならないと、信長は一方的に話した。

「すでに三河どのも同心でござれば、ここへ備前守どのが与して下されれば、六角ごときなにほどのことがござろう。一日か二日で取りひしぐことができると存ずる」

「いやいや、当家ごとき何ほどの力にもなりませぬが、ご両家のご出陣となれば、六角家も慌てふためくことでござりましょう」

長政は相変わらず謙虚な受け答えをしている。

「したが、六角め、一向に答えを致さぬ」

信長は苛立たしそうに団扇を使った。

そして、目つきを一転させて長政を見た。

「なお、朝倉家にも同様のことを命じておるのじゃが、これも梨のつぶてじゃ。ご当家と朝倉家とは格別な間柄、よしなにお取り持ち願えれば有り難い」

表情を隠すことができない長政の顔色が途端に曇った。

胸の内に重苦しいものが広がる。このようなことを含めて、先頃の約束では、織田家が朝倉家に何らかの働きかけをする場合には、浅井家へ前もって連絡をするということではなかったか。

早くも、信長はそれを無視して、浅井家の頭越しに朝倉家に義昭の供奉を命じたのである。

しかし、長政はそれにも触れることもできず、口をつぐんだままであった。

「まあ、朝倉家のことはさておき、先ずは六角じゃ。彼の家がどう出てくるか、しばらく待つより他あるまい」

信長もさすがにそれ以上、朝倉家のことについて触れるのを避けた。

そして、その夜は広間で宴席が持たれた。

正面に信長と長政が着座し、左右にその家臣達が居流れる。

信長はいざ飲み出すと相当の酒量があるように思われたが、冗長な酒席は好まないように見えた。

酒が飲めぬ喜右衛門は末座の方から、それとなく信長の様子を窺っていた。

信長は最初の内こそ、酒をすすめにくる浅井家の家臣達ににこやかに応対していたが、やがて表情が徐々に変わり、いくらもしない内に苛立つような素振りを見せはじめた。

眉間にも不機嫌そうな縦皺が走り始めた。

「もうよい、もうよい。わしは飲めんのだわ」

次々に酒をつぎに立って来る浅井家の家臣達に辟易したように信長は首を振った。

そして、ある家臣が更に執拗にすすめようとした時、信長はついに我慢ができぬように
「浅井の衆はしつらっこいのう。もうよいと申せば、よいのだわ」

と、とがった声を出して手を振った。

それでも、信長はまだその顔にひきつったような笑いを浮かべていたが、目元からこめかみの辺りには癇癪の色があからさまに浮かんでいた。

かねて、喜右衛門が、気短な男だと聞いていた通りの信長の表情であった。

脇にいた接待役の磯野が顔色を変えて、信長の前ににじりよる。

「お許し下さいませ。皆、田舎者にてござりますれば・・・・」

「いや、よいのじゃ。自儘を申してすまぬが、わしはもう酒は結構じゃ。湯漬けを所望したい」

信長はさすがにいいすぎだと思ったのか、ばつが悪そうに顔をなでた。

「はっ、湯漬けじゃ。湯漬けを持て」

磯野が小姓に大声で命じ、座は一度に白けた。

浅井の家臣達は杯をやり場のないように握っていたが、織田家の家臣達はそれが当たり前とい

うようにすぐに杯を置いた。

喜右衛門の目は、すぐに正面に座っている長政に向かった。

酒が好きでようやく気持が和んできていたらしい長政は、杯を手にしたまま胸に何かがつかえたような顔つきに変わっていた。

喜右衛門はそんな長政をまともには見ていられない思いであった。

それから、信長は五日間佐和山に滞在したが、ついに六角からの答えはなかった。

六日目の朝、信長はしびれを切らせたように
「おのれ、六角め。かくなる上は一旦岐阜に立ち返り、兵を整えて見参するまでのこと。いずれ、その節には合力のほど頼み参らせる」と挨拶を述べ、直ちに帰路に着いた。

慌ただしい出発で、その日の宿は柏原の成菩提院と決まり、信長一行は、小谷城に帰ることになった長政と醒井まで同道した。

そして、長政はそれからの見送りを喜右衛門に命じた。

思いもかけず、この見送りを命じられた時、喜右衛門は体の中ががかっと熱くなるのを覚えた。

心の中を長政に見通されたような気持がしたのである。

喜右衛門には、信長の滞在中、心の中でずっと思い続けていたことがあったのである。

それは、ここで信長を謀殺すべきではないかという考えであった。

先頃からの信長の言動をま近かに見るにつけ、どのように考えてみても、信長は浅井家が盟友として頼るべき人物ではない。

信長は、確かに比類のない人物ではあろうが、信義を重んじる人物とは到底思われない。

信長自身が、それを意識しているかどうかは別にして、長政を必要とする限りは彼を利用し、その必要がないとなれば、容赦なく捨て去るに違いない。

更に、長政がもし自分を脅かす存在だとすれば、躊躇なく抹殺するに違いない。

それならば、今こそ千載一遇の機会である。

信長は今、義弟の領内にいるという安心感から、わずか百名ばかりの供を連れ、無防備な状態で悠々と帰っていくのだ。

今、一挙に信長を滅ぼし、早馬を以ってこのことを盟友朝倉家に伝え、精強をもってなる両軍が一気に主を失った美濃を制圧、義昭を奉じて都へ上がれば、途中の六角、都の三好、松永ももの数ではない。天下への道は目の前に広がっているのである。

浅井家の眼前を覆っていた暗雲はたちまち立ち消え、前途は洋々と広がるのである。

更に、もう一点、信長が佐和山に在城中、彼の意を迎えるのに汲々としていた磯野員昌への反発もある。

彼の知らぬ内に大事を成し遂げ、彼の鼻をあかしてみたいという欲望もふつふつと燃え上がるのである。

実は今夜、信長が泊まろうとしている成菩提院は、喜右衛門の実家のある須川から一里も離れておらず、彼の家の菩提寺でもあった。

従って、彼は子供の頃から、父助兵衛に連れられて度々参詣しており、何かの折に助兵衛に本堂右奥に安置されている不動明王の後に連れて行かれたことがある。

そこには、重い木の戸があって、助兵衛がその戸を静かに開くと、中は大和絵に彩られた一段高い部屋になっていた。

「左近、この部屋は上段の間というてのう、偉いお方がこの寺に泊まられた時に、お休みになる部屋じゃ」

助兵衛は喜右衛門に教え、更に部屋の奥の唐獅子が描かれた板戸を指差し
「この部屋には仕掛けがあってのう、何者かにこの部屋が襲われた時に、あの板戸を押すと、板戸がくるりと回り、裏庭への逃げ道になっているのじゃ」と、ひそかに教えてくれたものである。

長政は勿論そのようなことは何も知らずに喜右衛門に、信長を送るように命じたのであろうが、喜右衛門はそれを命じられた時から、その上段の間のことを思い浮かべていた。

夜、信長があの部屋に入るのを見て、急いで小谷城に取って返し、長政の許しを得て、自らの手勢で成菩提院を押しつつめば、必ず信長はあの板戸を抜けて裏庭へ脱出する筈である。

その裏庭に、あらかじめ手だれの兵を伏せておけば、間違いなく信長を討ち取ることができる。

喜右衛門は何度もこの手筈を考えながら馬を進めた。胸が苦しいまでに騒いだ。

後に続く信長の周囲からは、近習達の賑やかな笑い声が聞こえてくる。

やるなら今夜ぞ。もう二度とこんな機会はない。

喜右衛門は唾を飲み込み、手綱を強く握りしめた。

柏原の成菩提院には夕方、まだ日が高い内に着いた。

一行の内、成菩提院には信長と近習の者数名が入り、後は周辺の農家で野営することになっている。

信長はすぐに井戸端に向かい、褌一つの姿になって、近習の者に水を汲ませて頭から水をかぶった。

やがて、その夜は書院で酒宴となった。

喜右衛門らも同席したが、他は近習ばかりである。

気を許したのか、その夜の信長は、出された芋の煮込みや鯉の甘露煮にかぶりつきながら、これまでになく杯を口にした。

蒸し暑い夜で、信長はすぐに諸肌脱ぎになった。

槍や乗馬で鍛えた体には贅肉がなく、つややかな白い肌から汗がしたたるように流れている。

「浅井の衆も過ごすがよい」

信長は胸からしたたる汗をぬぐいながら、顎をしゃくった。

「ははっ、我らは警護でござりますれば」

喜右衛門が答える。

「なになに、ここは浅井どのの所領下、どこに曲者がおりょうか。もし、襲われるとすれば、浅井どのの手の者よ」

信長は鋭い目を向け、口をゆがませてひときわ高い笑い声を立てた。

「め、滅相もござりませぬ」

喜右衛門は自分の心が読まれているような恐怖感を覚えて、思わず畳に頭をつけて平伏した。脇の下から流れるように汗が伝い落ちた。

恐ろしいお方じゃ。今、亡き者にせねば、必ず我が浅井家は……。

平伏しながら、喜右衛門の決意はいよいよ固まった。

この宴が果て、信長が寝込んだら、小谷に取って返し、殿に決断を促そう。喜右衛門の胸はいよいよ騒ぎだした。

宴は進む。

今夜の信長は思いのほか酒を過ごし、すでに顔は青白くさえ返り、こめかみには青筋が浮かんでいた。舌鋒も鋭くなり、憎々しげに六角を罵倒する。

「六角め、余を侮り、今に目にものみせてくれるわ」

信長は顔を痙攣させ、奥歯を噛みしめた。

「いやいや、殿が軍を整えられ、近江へ出陣されれば、六角も慌てふためき殿の膝元に駆けつけて参りましょう」

近習達が懸命になだめすかし、やっと、半刻後、信長は彼らに抱えられるようにして、喜右衛門の予想通り本堂の方に消えて行った。

今だ。喜右衛門の胸が激しく高鳴った。

しかし、喜右衛門は表面上は何食わぬ顔で
「実家《さと》への用がござる。すぐに戻るゆえ」と、朋輩に告げて、書院の外に出た。

星明りの外にはもう誰もおらず、野営している織田の兵達もそれぞれの宿で眠りに落ちているようであった。

喜右衛門は静かに馬を牽き出し、庫裏裏の道を通り抜け、村の外れに出たところで馬にまたがった。

そして、一気に馬をあおり、鞭を入れる。

高ぶった胸を抑え、喜右衛門は懸命に馬を走らせた。

たちまち体中が汗みどろになったが、喜右衛門は暑いとも感じなかった。

今こそ、浅井家がのし上がるべき時ぞ。そして、お家の開運につれて、このわしも――。やらずにおくものか。

喜右衛門は夢中で思っていた。

小谷に着くと、喜右衛門は真っ直ぐに浅井館に向かい、大声で案内を乞うた。

宿直《とのい》の小姓が、汗まみれになって駆け戻ってきた喜右衛門を見て、驚いて奥へ駆けつける。

平絹の寝巻き姿の長政が慌ただしく現れ、厳しい目で喜右衛門を見た。

「なんぞ、出来《しゅったい》致したか」

「いえ、この夜分に恐れ入ります。お叱りは覚悟の上――」

「どうしたのじゃ」

「おそれながら、今こそ信長さまを亡き者にする絶好の機会かと存じまする。ただ今、信長さまはお傍衆と大酒を食らわれ、前後不覚に休まれておりまする。お許しを賜れば、直ちに成菩提院に立ち返り、信長さまを討ち取ってご覧に入れまする」

喜右衛門は汗もぬぐわず一気呵成に言上した。

体中が早鐘を打ち、目が眩むような気がした。

剛毅ながらも、普段は沈着な喜右衛門のただならない申し出に、長政はしばらく呆然と喜右衛門を見下ろしていた。

「おそれながら、信長さまは将来、必ずお家にあだをなすお人と存じまする」

「信長どのは我が義兄ぞ……」

長政は棒立ちのまま絶句した。

「しかしながら、それがしここ数日、信長さまを見て参りましたが、とうてい殿と永く盟約を続けられるお方ではござりませぬ」

「……」

「この機会を逃せば、わが浅井家は永久に信長さまの頤使に甘んじるか、もしくは信長さまに滅ぼされるかでござりまする」

「うむ」

長政は框に腰を下ろし、腕を組んだ。

長政の頭の中にも、おそらく、ここ数日の信長の姿が思い描かれているのであろう。そして、あるいは喜右衛門と同じ事を考えたこともあったのかも知れない。

「殿、必ず信長さまは朝倉を攻めますぞ。その時、殿はいかがなさるおつもりか」

喜右衛門はさらにまなじりを決していった。吹き出した汗が首筋をしたたり落ちる。

「うむ、……」

長政はうめくように口をつぐんだ。

「されば、今こそ」

「うむ、義兄を討てと申すか……」

長政は顔をゆがめ、腕組みをしたまま、床の上を行きつ戻りつした。

その顔が蒼白に変わっている。

長政は崖っぷちに立つ思いであった。

確かに早晩、信長は越前に兵を向けるであろう。

その時、浅井家は朝倉と決別し越前に攻め込むのか、あるいは信長に背き朝倉と連合を組むのか、まだ長政には決心が着いていなかった。

ならば、喜右衛門のいうとおり、今こそ信長を滅ぼしてしまうのも一つの決断であった。

長政は、何度も父の郭に人を走らそうかと思った。

しかし、一旦久政に知らせれば、信長嫌いな彼は必ずや喜右衛門の策を取るにちがいない。

どのような事情があるにせよ、義兄を仕物にかけるというようなことが許されるのか。信義に篤く、面目を重んじる長政にはとうていできない決断であった。

長政の顔に苦渋がにじむ。

そして、ついに、長政は喜右衛門の前に仁王立ちになってはっきりといった。

「いかぬ。わしにはできぬ。義兄を仕物にかけることなぞとうてい許されることではない」

「殿、悔いを千載に残しまするぞ」

「ええいっ、いうな。もういうまいぞ」

長政は苦しそうに首を振って叫んだ。

「殿、もう一度、お考えを」

「ええいっ、くどい。とく柏原にいね。仮にも、このようなことを信長どのに気づかれるでないぞ」

そして長政はくるりと踵を返し、喜右衛門の目から逃れるように部屋に戻っていった。

「殿……」

喜右衛門は長政の後姿を見送ってから、がっくりと頭を下ろした。

喜右衛門も、真っ正直な性分の長政が、これを易々と許すとは思ってもいなかった。

しかし、あるいはという一縷の望みを持って柏原から駆け戻ってきたのだ。

「殿、悔いを千載に残しまするぞ……」

喜右衛門は心の中でもう一度絶叫しながら、じっと土間に手を着いていた。汗が顔を伝い、それが手の平にぽたぽたとしたたり落ちた。


岐阜へ帰った信長は、ひと月かけて兵を整え、やがて西進を開始した。

六角を葬り、そのまま上洛の心積もりである。

徳川家康にも出陣をうながし、五万を超える大軍であったが、さらに浅井勢が合流し六万に近い兵力にふくれあがった。

喜右衛門は高宮に続々と到着する織田、徳川連合軍を迎えながら、その圧倒的な兵数と見事な軍容に圧倒される思いであった。

これは恐ろしい軍勢じゃ。万が一にも、敵に回せば・・・・。

喜右衛門はふとそのような思いにかられ、背筋を寒くした。

これを迎え撃つ六角勢は、その本拠観音寺城を中心に、箕作城、和田山城に拠り完全に籠城の構えである。

やがて、愛知川の渡河を前にして、信長から各部隊に作戦が伝えられた。

最も近い和田山城は黙殺し、観音寺城と箕作城の間を遮断し、先ず箕作城を攻めつぶすというものであった。

そして、信長はその先手を長政に願いたいと伝えてきた。

「なんとっ。御大将はそれがしに箕作城に向かえといわるるか」

信長からの伝令を聞いた長政は顔色を変えた。そして、すぐに意見を徴するような目を居並ぶ家臣達に向ける。

箕作城は三城の内でも最も南にあり、観音寺城がある繖山《きぬがさ》を迂回し、敵中深く攻め入らねばならない。

もし、繖山から逆落としを受けた場合は退路を絶たれる最も危険性の高い部署といえた。

「・・・・」

家臣達はすぐに発言する者もなく、みな押し黙ったままである。

長政はじめ、家臣らはみな、その先手は当然先頃織田家に降った美濃衆に命ぜられるものと考えていたのである。その先手が同盟軍と参加している浅井軍に命ぜられるとは・・・。

最後に、長政の目を受け止めて、喜右衛門がいった。

「おそれながら、それがしも、箕作の先手には、他にふさわしいお方があろうかと存じます。ここは、一度は遠慮されてしかるべきかと・・・」

数人の家臣が憤慨に堪えぬように頷く。

しかし、磯野が信長の癇癪を怖れるような表情でいった。

「しかし、ここで御大将の下知に背くことは如何なものでござりましょう。あるいは、ただでは済まぬことになるやも知れませせぬ」

「ただでは済まぬと・・・」

長政は、常日頃は何かと遠慮気味であった磯野に鋭い目を向けてから胡床を立ち上がった。手に持っている采を何度も手の平に叩き付ける。

当然、その場合の信長の怒りが長政にもよく分かっている。

しかし、彼は佐和山で初対面をして以来の信長の言動や、この度の戦さに際しても、出陣を要請しておきながら、軍議にさえ招かぬ信長のやり方を腹に据えかねていた。

敢えて、信長の怒りをかうこともないが、一端の意見具申くらいは許されてしかるべきではないか。

長政がそう思い定めた時、再び磯野が口を開いた。

「殿、信長さまとの間に無用の波風をたてぬことが肝要かと存じまする。ここは、目をつぶってでも下知に従われるのが――」

「目をつぶってでもと申すか。当家は信長どのの家来ではないぞ」

磯野の言葉がさらに長政の気持を苛立たせた。

長政は采で激しく手の平を叩くと、伝令の傍につかつかと歩み寄って、鋭い口調でいった。

「先手には美濃衆をお立てになるのが常道と存じる。もう一度、お考えいただきたい、と伝えよ」

磯野は唇を噛んだ。彼の進言がこのように一蹴されたのは初めてである。

伝令は「は、はっ」と平伏すると、飛ぶように長政の本陣を出ていった。

長政は伝令を送り出した後、本陣を落ち着きなく歩き回って、再び伝令を待った。

場合によれば、兵をまとめて小谷へ引き返してもよいとさえ彼は思い定めていた。

やがて、焦燥の時が経ち、再び戻ってきた伝令は
「浅井衆は観音寺城の押さえに回られよ、とのことでござる」と伝えた。

それを聞いて長政が
「では、箕作の先手は」と訊ねると、伝令は
「箕作には、当家の丹羽、木下勢が回られるようでござりまする」と答え、そそくさと帰っていった。

この言葉を聞いて、再び長政は顔を逆撫でされるような気がした。

なぜ美濃衆を使おうとしないのか。

丹羽、木下勢を使うという軍令の裏には「そちの指図など受けぬわ。先手になりたくないというのなら、ならずともよい。わしの家中で十分。浅井勢など当てにはしておらぬわ」という信長のうそぶきが聞こえるようであった。

「我が勢は観音寺城に向かう」

長政は顔を真っ赤にさせ、激しい口調で下知した。

愛知川を渡った織田軍は三方面に分かれて激しく六角勢にぶつかっていった。

箕作城に向かった丹羽、木下勢は、丹羽が大手道から、木下勢が搦手から同時に攻めかかかった。

殊に、木下勢の勢いは激しく、鉄砲を何段にも撃ちかけ、すきを見て槍衆が突撃する。城兵も逆茂木を引き回し、土塁を積み上げ、その陰から盛んに鉄砲を撃ち掛け、矢を射、大石を突き落とした。

箕作城から一里近く離れている浅井の陣まで、その凄まじい銃声が聞こえてきた。

最初の内こそ

「木下ごときにあの城を落とせようか」と、うそぶいていた長政も、余りの激しさにあるいはと思い直し、落ち着きなく陣中を歩き回った。

一日や二日で箕作城が落ちれば、その先手を拒んだ長政は笑いものである。

そして、長い一日が過ぎ、辺りに暮色が漂い始めた頃、木下勢の攻撃は一旦静かになったが、その夜半のことである。再び、箕作城の方に喚声がおこった。

喜右衛門が急いで飛び出すと、すでに箕作城には火の手が上がっている。

木下勢は昼間あれだけの攻撃をしかけたのにも関わらず、さらに引き続いてその夜半、火を放って夜討をかけたのである。

火は折からの西風に乗って、瞬く間に城壁を越えた。

「うむ、木下め、やりおるわい」

野営の幕舎から飛び出した長政もうめくようにいって、箕作城を見上げた。

一刻後、箕作城は炎に包まれてあっけなく落城した。

箕作城のあっけない落城は和田山城にも激しい動揺を与え、たちまち城兵が浮き足立ち、夜陰にまぎれて大半の城兵が脱出した。

残る本拠の観音寺城でも、六角承禎は一時は討ち死にを覚悟したが、再起を進める重臣達にうながされ、自ら本丸に火を放ち、間道を伝って甲賀方面へ逃げ落ちていった。

木下勢の華々しい戦果を目の当たりにした長政は、さすがに尻に火がついたように、

「それっ、攻めかかれ。一兵たりとも逃がすなっ」と激しく下知し、浅井勢は喚声を上げて攻めかかったが、もはや火の勢いが強く、城壁にたどり着くこともできない。

「なんと不甲斐なし。自ら火を放って逃げ落ちるとは」

長政はごうごうと燃え盛る火を見上げながらあざけるように笑ったが、喜右衛門には心なしかその笑いが自嘲のようにも思えた。

歌仙絵

六角家を敗走させた信長は、義昭の到着を待って上洛した。

これに伴い、浅井勢も神楽岡まで進出し野営した。

都では、三好勢も信長の軍勢を怖れて、早々に姿を消しており、整然と取られた大路は思いのほか荒廃もなく、静かであった。

東寺に落ち着いた信長は、早速、各地の大名に義昭に伺候するための上洛を命じた。

当然、それは朝倉家にも届けられ、朝倉家がそれにどう答えるか、浅井家は固唾を飲んで見守っていた。

今回も朝倉家がそれを拒否すれば、信長は今度こそ、その矛先を越前に向けるだろう。

ところが、今回も朝倉家はそれを黙殺したのである。

「困ったことになったのう。これでは織田に攻めて見よというているようなものじゃ」

長政は苦々しげな顔で喜右衛門にいう。

「御意。いずれにしても、当家の立場はいよいよむつかしいことに……」

喜右衛門は、信長が柏原に野営したあの夜こそ、あれほど信長謀殺を主張したが、それ以後そのことには全くふれないできた。あの時こそ、信長を滅ぼすことは可能であったが、今となっては、旭日の勢いの信長に抗すべきもない。

その機会を失した以上、当分は信長の頤使に甘んじる他ないと喜右衛門は観念していた。

「されど、当家は大永の昔から、事あるごとに朝倉家に助けられ、その大恩に背いてまで織田家に与することもできまい。まして、大殿の織田嫌いも相当なもの……」

磯野までも近頃はそのようにもらし始めていた。

いずれにしても、朝倉家が織田家の膝元に屈しない限り、浅井家の安寧はあり得なかった。磯野始め、浅井家の家臣の多くはひとしくそれを切望していた。

ただ久政、喜右衛門など、どうしても織田家になじめぬ者達は別であった。

喜右衛門は表面上は織田家の同盟に懸念なく従いながらも、いずれもう一度は織田家との間に何かが起こる筈だと確信していた。

それがどのようなもので、いつ訪れるのか、あたかも霧の向こうを透かし見るような思いであったが、喜右衛門にはその大きく黒い影がぼんやりと見えるような気持がしていた。

そうこうする内に、一方では信長と義昭の関係がとみに険悪化しつつあった。

上洛するまで、信長は内心は兎も角、表面上は義昭を尊崇し、義昭も又、信長を恩人として二人の中は親密であったが、義昭は将軍になって以来、信長を臣下の一人と見はじめた。また、信長は信長で、義昭を何時までも自分の傀儡《かいらい》としておきたく、二人は事あるごとに反目しだしたのである。

そして、信長はこのような状態のまま、木下勢だけを残して一旦岐阜へ引き上げた。自分の居ない都がどのようなことになるかを義昭に知らしめようとしたのである。

浅井勢もそれに続いて小谷へ引き上げた。

「思いのほかの長陣、お疲れでござった。この冬は軍を動かすことはなかろうと存ずる。ごゆっくりと休まれよ」

帰郷に先立ち、挨拶に訪れた長政に、信長はにこやかに挨拶を返した。

しかし、先頃の六角攻めの時、箕作城攻めを拒んだ長政を、その後、信長が「浅井の臆病者めが」と、ののしったということも何処からか長政の耳に入っていた。

この二人の関係も、悪くなっていくことこそあれ、決して良くなっていくことはないだろうと喜右衛門は思っていた。

逢坂山を越えると、眼前に一気に琵琶湖が広がり、浅井勢の顔にはみな一様に明るい色が浮かんだ。

この湖の北に、自分達を待っている家族がおり、土地がある。一兵卒に至るまでその思いを胸に浅井勢は北に向かった。

喜右衛門の瞼にも、目尻に皺を寄せた盆のように丸い松乃の笑顔が浮かんだ。更に先年会った時の、ひそやかな立子の細い顔を思い浮かべていた。

立子とはもう一年半も会っていない。あの時は病も小康状態にあったようだが、その後はどうなのか。不治の病と聞いているだけに気がかりである。

小谷に帰れば、すぐにでも不動院を訪れたいと思うが、すでに喜右衛門は、小谷到着後、すぐに朝倉家へ使いにいくよう命じられていた。

この二か月半の六角攻めと近畿各地での戦況、さらに都の情勢を朝倉家に伝えるためである。

これまでも、浅井家は朝倉家に対し、同盟軍として得た情報は細大漏らさず知らせてはいたが、朝倉家が信長の上洛要請を拒み続けている現在、今回の情報提供の意味は大きいはずである。

「もはや、織田家の勢いを止めることはできぬ。朝倉家に於いても、これまでのいきさつを捨て、次回には必ず上洛されるよう伝えよ」と、長政は喜右衛門に伝えていた。

やがて、すぐ右の野面に先頃落としたばかりの繖山が見え、やがて愛知川を越えると、懐かしい自領である。

すぐ右手の野面の外れに多賀の森が見えはじめた。

あの森陰に立子が住んでいるのだ。喜右衛門は胸が締めつけられる思いで、その森を見つめた。

しかし、自分は今、立子の病状ばかり気づかっているが、思えば自分とて、何時戦場で落命するかも分からぬ身である。すでに初陣以来、何度戦場に出たことか。身近な人々も次々に命を落としている。

そう思えば、むしろ、戦場に常住しているような自分が生き永らえている方が不思議である。

まして、もし、浅井軍が織田軍と戦うことがあれば、その時こそ自分の死ぬべき時であろう。

自分が死ねば、自分と立子の縁は幻のように消えていく。

そして、幼い頃から大恩を受け、常に遠藤家の心の拠りどころであった不動院への信心も……。

まだ子供に恵まれない喜右衛門には、形として後の世に残すべきものは何もない。せめて、深い縁に結ばれた不動院に、後の世に残る何かを寄進しておくべきではないのか。

喜右衛門はこの軍旅の間にしばしば考えていたことを、また思い出していた。

そして今、多賀の森を見つめながら、喜右衛門はふと先年、立子を見舞った時の彼女の言葉を思い出し、その寄進すべき物は歌仙絵こそふさわしいと思いはじめていた。

先頃、神楽岡に野営した折にも、近くの神社の舞殿に見事な歌仙絵が掲げられているのを見たが、それならば広壮な不動院の本堂にもふさわしいであろう。立子も喜ぶに違いない。

探し続けていた貴重な品をやっと見つけだしたように喜右衛門の心がはずんだ。

そして、そう思いを決すると、喜びがにじむように胸にあふれ、喜右衛門はそのような寄進を思い立った自分に深い満足感を覚えた。

やがて、高宮である。

一層近くなった多賀の森に向かって喜右衛門は馬上から深々と拝礼し、更に北に向かった。

小谷城に戻った喜右衛門は軍装を解くのももどかしく、祐賢に宛てて書状をしたため、歌仙絵寄進のことを申し入れ、立子の病状を見舞った。

そして、それを不動院へ小者に持たせ、自身はすぐ富田才八を供にして越前に向かった。

その前夜、松乃と褥《しとね》を共にした喜右衛門は激しく彼女を求め、彼女もこれまでになく深い応え方をした。

そして、その最中ですら、喜右衛門は松乃の上に、立子の面影を重ねている自分に気づき狼狽する。立子と松乃、二人を共に冒涜することになると思いながらも、立子の面影は消しても消しても松乃の上に浮かんでくる。煩悩というには余りに生々しい自分の感情を喜右衛門は持て余す思いであった。

「早よう、ややが欲しいと存じますが……」

その後で、松乃はつぶやくようにいい、満ち足りた表情で眠りに落ちていく。

そして、喜右衛門もそれに答える間もなく、吸い込まれるように眠りに落ちていった。

近江と越前との国境、栃の木峠の紅葉もすでに終り、深い谷底からは冷たい風が舞い上がってくる。

喜右衛門は一乗谷に入ると、早速朝倉景健《かげたけ》の屋敷を訪ねた。

景健は当主義景の従兄弟に当たり、家中で最大の勢力を有している重臣で、かねて喜右衛門も面識を得ていた。

一旦ことあれば常に先手を務める武断派の猛将であり、その面でも喜右衛門とは相通じるところがあった。

喜右衛門はすぐに書院に通され、待つ間もなく景健が現れた。

眉も鼻筋も口も大きい景健の丸顔には朝倉家を背負って立つという自負が満ちあふれている。

「お久しぶりでござった。この度はお使いご苦労でござる」

景健はその顔に親しみをこめていった。

喜右衛門は一通りの挨拶をした後、先の六角攻めから織田軍の上洛、更に都を中心とする近畿の情勢などを詳しく伝えた。

景健はすでに朝倉家でも細作から得ているであろう情報でも、一々丁寧に頷きながら聞いていたが、特に織田軍の軍制や各武将の性格などを詳しく問いただした。

「かの木下などという男は、他の家中には見られぬ男、遠藤どのはどのような男と見られる」

「はっ、見た目には小童《こわっぱ》の川原合戦でも、とうてい大将にはなれぬ男でござりまするが、あのような男を見出し、大将に命じられる信長さまの器こそ怖るべきでござりましょう。今も申しました通り、木下はわずか二日で箕作を落としましたが、我らにはとうていできぬ芸当。ともかく、信長と申されるお方は、使えると見れば、人をとことん使い切るお方と存じまする」

「で、その信長は当家をどのようにみておるであろうか」

景健は一転目を細めて喜右衛門を見つめた。

喜右衛門は一瞬逡巡したが、すぐにはっきりと自分の考えを述べた。

「おそれながら、もはやご当家だけならば怖れるに足らぬ相手とお考えでござりましょう。しかし、もし、信長様が怖れられるとすれば、それはご当家がいずれの家と組むかによってでござりましょう」

「うむ・・・・」

景健は一つ息をついて腕を組んだ。

当然、朝倉家も姻戚にあたる甲斐の武田家、又、宗門の延暦寺などと手を組んでいる。しかし、古くからの同盟軍である浅井家が先年織田家と姻戚関係を結んだのが誤算であった。

織田家への盾となるべき家が、場合によれば矛先を向けてくるかも知れないのである。

「して、織田家が当家に槍を向けた場合、浅井家はいかがなさるおつもりかな」

景健はしばらく間をおいてから、韜晦《とうかい》の笑みを浮かべながら聞いた。

「さあ、それはそれがしごときには・・・・」

喜右衛門は今度は言葉をにごした。

景健はさらに探るような目を向けていう。

「お家の空気はどうでござる」

「大殿はじめ、織田嫌いも多ござりまするが、すでに当家は織田家と行を共にしておりますれば……」

「やはり、当家も織田に従わねばならぬと申されるか」

「御意。敵に回せば怖るべき相手でござりまする」

初冬だというのに、喜右衛門の体にはびっしりと汗が浮かんでいた。自分ごときが口にすることではなかったが、朝倉家が存続するためには、その道しかないように喜右衛門には思えた。

「いや、ご高諭かたじけない。それにしても、貴家と当家の間は昨日や今日のことではござらぬ。今後とも、ご家中をよしなにお取りまとめ下されよ」

景健はやっと穏やかな顔に戻り、傍衆を呼んで夕餉の支度を命じた。

越前から帰り、長政に報告をすませた喜右衛門はすぐに長政の祐筆に依頼して、都の絵師に三十六歌仙絵を依頼した。

すでに師走に入っている。冬の間は、さすがの信長も兵を動かさないだろうが、場合によれば、明年の春にも越前に兵を向けるかも知れない。喜右衛門は、できるだけ早く仕上げてもらいたいと頼んでもらった。

祐筆はその寄進先を尋ねてからいった。

「喜右衛門どの、このようなものは急かせてはなりませぬ。名のある絵師達は納得のいく仕事でなければ致しませせぬゆえ」

「そのようなものでござるか。されど、明年中には何とか届けてもらいたいものでござる」

「喜右衛門どののお気持もよく分かり申す。よく伝えましょう」

もちろん祐筆にも家中の空気はよく分かっている。ここ一、二年の内に、相手はいずれであれ、家の命運を分けるような戦いが必ずあるという予感を誰しもが持っていたのである。


永禄十二年が明けた。

小谷城には年末からの雪が一尺余も積もり、家臣達はその雪を掻き分けて登城し、大広間で行われた賀宴に出席した。

その席に連なっている家臣達の顔には一様に、この一年の平穏を祈る色が浮かんでいたが、挨拶に立った長政の言葉には、織田家への対応が一言もふれられず、それが家臣達の胸にくすぶるような不満を与えていた。

そして、まだ松が取れぬ正月六日のことである。

折からの雪を蹴散らし、岐阜からの早馬が到着した。

信長の予想通り、都では三好勢が蜂起し、将軍義昭の宿舎、本圀寺を囲みつつあるという。

織田軍もすぐに都に向かうので、浅井勢も至急上洛願いたいと早馬は伝えた。

長政はすぐに主だった家臣達を集め、用意の整った部隊から、信長から示された集結地高宮に向かうよう命じた。

喜右衛門も手勢を率いて早々に高宮に向かったが、雪は激しくなる一方である。

四方から米粒のような雪が間断なく吹きつけ、行軍はしばしば中断され、彼らはやっと昼過ぎに高宮に到着した。

この雪では、おそらく織田勢も国境は越えられまいと喜右衛門は思ったが、なんと信長はその日の夕方、雪まみれになりながら高宮に到着したのである。

織田勢の語るところでは、七日払暁、岐阜を飛び出した信長は常に先頭に馬を走らせ、雪道を駆け通してきたという。

喜右衛門は信長の不撓の気性とその強靭な体力に舌を巻く思いであった。

信長が上洛すると、すでに本圀寺を囲んだ三好勢も織田軍を怖れ退散してしまった後であった。

長政が上洛後、信長のもとに伺候すると、信長は何事もなかったような表情で餅を口にしていた。

「わしはこの餅が好きでの。都に上がると一番に食うのじゃ。おこともどうじゃの」

信長は餅の高坏《たかつき》を長政の方にすすめた。

「頂戴いたしまする」

長政が餅に手を伸ばすと、信長は顔つきを改めていった。

「将軍をこのまま本圀寺には置いておけまい。わしは、これを機に、二条城を将軍の御所として修復しようと思うが、浅井どのにも賦役を頼めるかの」

「結構でござりまする。では、一度、小谷へ立ち返りまして」

「いやいや、この度、上洛した各家にはそのまま賦役に着いてもらう所存じゃ。すぐにも縄張りを始めるゆえ、よろしう頼む」

信長は形ばかり頭を下げたが、その目は有無をいわせず長政を見つめていた。

そして、長政はこの賦役の奉行の一人に喜右衛門に命じた。

喜右衛門は先年、横山城の修復に携わったことがあり、その経験を生かすべく任命されたのである。

またしばらく小谷には帰れぬ。

喜右衛門は留守を守ることになる松乃の顔を思い浮かべ、続いて不動院の立子の顔を思い浮かべた。

立子はすでに、喜右衛門が歌仙絵の寄進を申し出たことを聞いているはずである。おそらく楽しみに、首を長くしてその到着を待っていることであろう。

早くこの賦役をすませ、一日も早く歌仙絵を届けたいものだと喜右衛門は思った。

二条城の縄張りは直ちに行われ、信長はそれぞれの家に担当部分を割り当てるいわゆる普請割の形で仕事を進めさせた。

浅井家に割り当てられたのは、織田家に隣接する石垣の修復であった。

それを知った時、喜右衛門は何となく嫌な予感がしたが、その内にも突貫工事は開始され、各家は競うように土を運び、石を組み上げげた。

信長も常に革袴姿で陣頭に立って作業を督励した。

しかし、各家を競わせて工事を進めるこのようなやり方は、いかにも信長らしい合理的な方法ではあったが、いきおい気が逸っている家中同士の口論や喧嘩が絶えず、喜右衛門らはつねにそのことに気を配っていなければならなかった。

それに、信長自身が定めた法度も厳しすぎた。工事の遅れはもとより、規則の違反にも厳科が待っていた。

ある日、他家の人夫がたまたま通りかかった婦女子をからかったところ、運悪く信長の巡回に見つかり、信長自身によって一刀のもとに斬り捨てられた。

そのことはたまたまそれを目撃した者によって家中に広まり、信長の冷酷さに全てのものが戦慄した。

かねて浅井家中でも、織田家では「一銭斬り」といい、一銭でも盗んだ者は直ちに斬られると囁かれていたが、それが織田家中の人夫ではなく、他家の人夫にさえ躊躇なく適用されたことに背筋を寒くした。

それを聞いた喜右衛門はそれ以後、一層人夫達に十分気をつけるよう申し渡した。特に、他家とのいざこざには十分注意するようくどいほどいい聞かせた。

しかし、その結果、浅井家中の人夫は常に他家の連中に一歩譲って仕事をするようになり、別けても織田家の者には気を配り過ぎるくらい気を配るようになった。

そして、いつの間にかその不満が、喜右衛門らの気づかぬところで彼らの間に蓄積されていたのである。

修復工事も峠を越え、喜右衛門らがふと気をゆるめたある日、ついにその不満が爆発した。

その日は、朝から春の小糠雨が降り続いていたが、作業を中止するほどではなく、喜右衛門は弥太郎に監督をさせて仕事を続けさせていた。

昼前、織田の人夫が掘り上げた土が、浅井方の掘りすすんでいる堀に崩れ落ちてきた。

弥太郎は、朝からしばしばのことであったから、たまらず織田方に注意をした。

ところが、織田の人夫頭は謝るどころか、

「何をぬかすかや。ちいとばかりのことでにゃかや」と、あざけるように答えたので、弥太郎がいきり立った。

「何がちいとばかりじゃ。ちいとばかりなら、われが上げやがれ」

浅井方は、織田方に対しては常に我慢に我慢を重ねていたのである。弥太郎はそう叫ぶと同時に、堀を飛び越えて織田の人夫頭につめ寄っていった。

そして、二人はすぐに堀の泥にまみれて、つかみ合いの喧嘩となった。

喜右衛門のところにもすぐに注進がきた。

彼が走っていくと、すでに二人は両方の人夫達に引き離されて、肩で息をしていた。

織田の人夫頭は激しく殴られたと見えて、顔が紫色に腫れ上がっていた。弥太郎の唇からも血が流れていた。

「馬鹿者。他家の衆とのいざこざは起こすなとあれほど申しておったろうに」

喜右衛門が弥太郎をにらみつけて大声で怒鳴りつけると、弥太郎は頬をふくらませて恨めしそうに喜右衛門を見つめ返した。

髻《もとどり》が切れ、髪が顔面にふりかかり、口が何かいいたそうに痙攣していた。

こうして、一回目のいざこざは納まったが、再び夕方近くになって、もう一度、騒ぎが起こった。

小雨ながら、途切れることなく振り続いた雨で、ぬかるんだ窪みに、石を満載した浅井方の荷車が落ちたのである。

四人、五人と助勢が来て、荷車を押し上げようとするが、どうしても荷車はぬかるみから脱出できない。

ところが、それを近くで見ていた織田の人夫達が、

「何と情けないことよ。それでは、箕作の先手もつとめられぬわけだわ」と、嘲笑したのである。

すでに、昨年の箕作城攻めで、長政が先手を断り、それを信長が陣中であざけったという話は人夫達の耳にも達していたのである。

昼前からの不満を胸にためていた浅井の人夫達の手がはたと止まった。と、再び弥太郎が
「くそっ、もう我慢がならぬ」と叫ぶと同時に、担い棒を引き抜いて、織田の人夫達の中へ飛込んでいった。

二人、三人がそれに続く。

後はもう誰も止めようがない。両家の人夫が入り混じっての喧嘩となった。

単なる殴り合いの喧嘩ならまだよかったが、最初に殴り込んだ弥太郎がその強力にまかせて凄まじい勢いで担い棒を振り回したために、騒ぎが一層大きくなった。

織田方も、その辺りの杭や棒を引っこ抜いて応戦するが、弥太郎の前には、まるで枯れ枝を握っ

ているようなものであった。

次々に木っ端微塵にはじき飛ばされ、織田の人夫達は恐怖に顔をひきつらせた。

その内に、弥太郎が激しく打ち下ろした担い棒が織田の人夫の頭を強打した。

その男は「ぐえっ」と鈍い悲鳴を上げると、よろよろとよろめいてから、どっとぬかるみに倒れ伏した。

もう、弥太郎は狂乱してしまっている。

彼は担い棒を風車のように振り回し、次から次へと織田の人夫達に打ちかかっていった。

そして、ついに織田の人夫は刀を手にし、それを見た浅井方も刀を取りに走り、作業場は戦場のような騒ぎになった。

しかし、不満をためていただけに浅井方が圧倒的に強く、織田方は散々に斬り立てられ、悲鳴を上げて逃げはじめた。

注進を受けて、喜右衛門と才八が再び現場に走っていくと、丁度、弥太郎が担い棒を振りかぶり、「織田のやつばら、どいつもこいつもぶっ殺してくれるわ」とわめいている最中であった。

喜右衛門は「静まれ。静まれ」と叫んで、弥太郎の前に飛び出していった。すでに、大刀を抜き放っていた。

「いうことを聞かぬと斬るぞ」

喜右衛門が弥太郎の前に仁王立ちになって大喝すると、やっと弥太郎は我に返ったような表情になった。

その瞬間、才八が弥太郎に飛びかかって、やっと担い棒を奪い取った。

しかし、最初に頭を強打された男をはじめ、織田方の数人はぬかるみの中に倒れ伏したままであった。

喜右衛門が急いでその内の一人を抱え起こすと、すでにその男は頭を瓜のように割られてこと切れていた。

しまった。大変なことになった。

喜右衛門は唇を噛んだ。

その時である。

城の方から、馬にまたがった侍が一直線に駆けつけてきた。信長であった。

信長は現場を巡回する折の革袴に陣羽織姿で、手には抜き身の太刀を握りしめていた。

「愚か者めが。ここが将軍の御所だということを忘れたか」

信長は喜右衛門に太刀の切っ先を向けて大声でいった。

「は、はっ。申し訳もござりませぬ」

喜右衛門は泥沼に片膝を着いて頭を下げた。両家の人夫達も一様にひざまずいた。

「遠藤、早速ふらち者らを取り調べ、先ず最初に暴れたる者の首を刎ねい」

信長のこめかみには青筋が立ち、まなじりが吊り上がっていた。

「は、はっ」

「よいか、しかと申し渡したぞ。明朝必ず首を届けよ」

「はっ、承知仕りました」

信長は抜き身の太刀を光らせながら、二、三度鮮やかな輪乗りを見せると、城に方に引き反していった。

その後姿を見送ってから、喜右衛門はすぐに長政が宿舎としている清水寺へ馬を走らせた。

清水寺では、長政も騒ぎを聞きつけて飛び出してくるところであったが、喜右衛門が報告に来たのを知って居間に通した。

「ついに、怖れていたことが起こりました。全てはそれがしの責任でござりますが、つい先頃――」

喜右衛門は一部始終を長政に報告した。

長政も苦渋に満ちた表情で報告を聞いていたが、最後に、

「不憫じゃが、致し方あるまい。その弥太郎とやらの首を刎ねて届けよ」と、低い声を出した。

「哀れでござりまする。責任はそれがしにござりますれば、それがしが――」

「いや、それはならぬ。信長殿も、その男の顔を見てござるのじゃ。信長どのの性分はそちも知

ってのとおりじゃ。信長どののいわるる通りにせずばなるまい……」

「……」

喜右衛門は弥太郎の顔を思い浮かべた。

彼があれほど狂乱するには、よほど今まで我慢に我慢を重ねてきたのであろうと思うと、一層哀れであった。つい先頃も、喜右衛門に、

「戦さならば張り切りも致しまするが、このような仕事ばかりでは嫌になりまする」と、ぼそりと話していたものである。

そして、家には次々に生まれたまだ幼い子供らが彼を待っているのである。

そんな男をどうして斬ることができよう。

喜右衛門の胸に、重く苦いものがぎりぎりと刺し込んできた。

「喧嘩両成敗という言葉もあるに、信長どののむごいご命令よ……」

長政も押し殺したような声でいった。

「……」

その時、喜右衛門の脳裏に、ふっとある一つの考えが浮かんできた。

首はどうしても届けなければならない。それならば、殿には伏せたまま、弥太郎の代わりに誰かの首を信長に届けたらどうだろうか……。まさか、信長も雑兵の顔まで一々覚えてはいまい。

そして、その首はわしが……。

おそろしい考えだが、喜右衛門には、信長の怒りを解き、また弥太郎の命を助けるためには、それ以外の方法がないように思われた。

「……、分かりました。それがし、明朝までには、弥太郎の首を信長さまの宿舎に届けまする」

そう決心して喜右衛門は長政に答えた。もし、偽りが露見すれば自分が腹を切ればよい。

「不憫じゃが致し方あるまい」

長政は辛そうに天井を仰いだ。

「それでは、これにて」

喜右衛門は清水寺を出て、自分達の宿舎に戻ると、早速才八を呼んで自分の考えを伝えた。

才八が大きなほくろのある顔をひきつらせて言葉をつまらせた。

「えっ、辻斬りを――」

「そうじゃ、それしか弥太郎を助ける方法はあるまい。お前は今晩一晩、弥太郎についておれ。決して早まったことはさせるな」

「それならば、その役はわしが……」

「馬鹿者、それはわしの役目よ。お前達は全てこの仕事が終ったら、つつがのう小谷へ帰ってもらわねばならんのじゃ。わしにまかせておけ」

才八は、喜右衛門の心を思いやって言葉もなかった。

外はすでに真っ暗である。

喜右衛門は腰に太刀を差し、顔を黒い布で包んで宿を出た。

どこをどう歩いたのか分からない。気がつくと、橋の袂の大きな石灯籠の前に出ていた。

どこかの寺の参道らしい。時折、ひたひたと草履の音をさせて人が通っていく。

喜右衛門はその石灯籠の陰に身を隠すと、刀の鯉口を切り、柄に唾でしめりをくれた。ともかく、一番最初に通り抜けた男を斬ろうと決心した。

しばらく、人通りが途絶えた。どこかで梟の声が聞こえる。

喜右衛門はじっと身をかがめていた。

すると、その内に、喜右衛門の体が小刻みに震え始めた。震えは止めようとしてもどうしても止まらない。

すでに、これまでにも何人もの人を殺めているはずの喜右衛門だが、今自分がやろうとしていることを考えると、総身の毛が逆立つような恐怖感に襲われてしまったのだ。

ええいっ、今更、何を気後れしているのじゃ。

喜右衛門は自分を奮い立たせようとするのだが、一旦襲いかかってきた恐怖感はどうしても消えない。震えを抑えようとすればするほど、喜右衛門の体は激しく震え続けた。

その内に、ひたひたと寺の方から足音が近づいてきた。

喜右衛門が灯籠の陰から透かし見ると、丁度格好の男であった。

喜右衛門は震える手で刀を握りしめた。更に足音が近づいてきた。

目の前を通り過ぎる。

今だ、と喜右衛門は思ったが、足が金縛りにあったようにぴくりとも動かない。

目の前を通り過ぎた男は何事もなかったように通り過ぎていく。

喜右衛門の体にどっと汗が吹き出てきた。見ず知らずの人を斬るということが、これほど恐ろしいとは思ったこともなかった。柄を握りしめた手に汗がじっとりとにじんでいる。

それから、喜右衛門は同じような状態で、さらにもう一人の通行人を見逃した。

頭上の杉の木で、むささびが人の悲鳴のような鳴き声を出して飛んだ。

もう、喜右衛門は叫び声を上げて逃げて帰りたい心境であった。

その内にも時が刻々と過ぎていく。

早く決着をつけないと、人通りが途絶えてしまう。次の通行人は何が何でも斬らねばならない。

すでに喜右衛門の喉はからからであった。

やがて、今度は町の方から足音が近づいてきた。喜右衛門がその方を透かし見ると、髪を茶筅に結ったどこぞの小者らしい男が近づいてきた。酔っているらしく足元がふらついていた。

よし、今度こそ。

喜右衛門は今度は先に抜刀して身構えた。

男は鼻歌まじりで近づいてくる。

喜右衛門はその男をまともには見ず、前を通った瞬間「許せっ」と叫んで、眼をつむったまま太刀を振り下ろした。

がっと刃先が鳴って、太刀はその男の肩口に入り、男は物凄い悲鳴をあげた。

後はもう夢中である。喜右衛門は悲鳴をあげて逃げ惑う男を滅多切りにして、ついに馬乗りになって首を掻き切った。

そして、血のしたたる首の茶筅髷を鷲摑みにすると、気が狂ったように走った。

背中から物の怪がのしかかってくるような恐怖感が襲ってくる。

喜右衛門は薄暗い道を夢中で走りきって宿舎に帰りついた。

宿舎では才八が不安そうな表情で待っていた。

喜右衛門はその首を才八に渡し、すぐに井戸端へ走り、返り血を洗い流した。体の震えは一層激しくなっていた。

「首は洗うて、桶に入れておきました」

才八が報告に来たが、喜右衛門はうつろにうなづくばかりであった。

次の日の朝、喜右衛門は才八に首桶を持たせ、信長が宿舎にしている妙覚寺へ行った。

妙覚寺では、小姓が取次ぎに出てきた。

「浅井長政の家臣、遠藤喜右衛門、昨日無礼を働きました男の首をお持ち致しました。さよう上様にお取次ぎ下さいますようお願い申し上げまする」

「しばらくお待ち下され」

整った顔をした小姓はすべるような足取りで奥へ消えた。

そして、その小姓は待つ間もなく戻ってきて、顔色も変えずにいった。

「ご苦労であった。首は加茂川へでも捨てておけとのことでござる。では、これにて」

「あいや、お待ち下され。それではあまりに……」

「殿のお言葉でござる。これにて失礼」

小姓は先ほどと同じように、すべるように奥へ消えていった。

「……」

突き上げるような激しい怒りを覚え、喜右衛門は目がくらんだ。足元が舟に乗っているように揺らいだ。

おのれ、信長め、我らは虫けらではないぞ。

喜右衛門は、小姓が消えていった廊下の奥をまるで射抜くようににらみつけた。

才八も奥歯を噛みしめ、廊下の奥を見据えていた。首桶を持つ手が小刻みに震えている。

「お頭」

「才八、帰ろうぞ。もうこんなところに用はない」

二人は妙覚寺を出て、喜右衛門は馬にまたがった。

奈落の底に吸い込まれていくような虚しさが二人を襲ってくる。

このような、人を人と思わぬ驕慢な信長にいつまで浅井家は従っていこうというのか。

さりとて、いまさら織田家に歯向かうには、織田家は余りに強大になりすぎている。もし、そのような機会があるとすれば、それはいつなのか……。

喜右衛門は口にこそ出さなかったが、そのようなことを考えながら、暗澹たる気持で馬に打ちまたがっていた。

宿舎に帰りつくと、喜右衛門は才八を改めて呼び、何処かの寺でその首の供養をしてもらうように命じ、さらに弥太郎を呼んだ。

やがて、弥太郎が部屋に入ってきた。

おそらく一睡もできなかったのだろう、顎のはった土色の顔に髪を振り乱し、喜右衛門の前にうなだれた。

「この件は落着した。お前はすぐに竹生へいね」

「も、申し訳もござりませぬ」

「再び、織田の衆と顔を合わせるのではないぞ。それから、竹生へいんだら、もう決して足軽稼ぎなどに出るのではないぞ。分かったか」

「は、はっ」

うなだれた弥太郎の顔から涙がこぼれ落ち、そのごついこぶしを濡らした。泥に汚れた刺し子の大きな肩が震えている。

「これは路銀じゃ。くれぐれもすぐにいねよ」

喜右衛門は金子の紙包みを弥太郎の前に置いた。

「……」

「早よう納めよ」

「か、かたじけのう存じまする」

弥太郎はその包みを押しいただくように受け取り、涙をためた目で喜右衛門の顔を仰いだ。

「うむ、やがて追いさで漁も始まろう。早よういんで、鮎を追うのじゃ」

喜右衛門の瞼にまぶしいばかりに輝く春の湖が浮かび上がった。

そして、続いて、何ゆえか、その湖を見つめている松乃の姿が浮かんできた。

松乃……。それが、あれほど会いたかった立子ではなく、松乃であるのが彼には不思議であった。

そして、その時、喜右衛門の胸には、居ても立ってもいられないような望郷の念がわき上ってきたのである。

早よう普請を終えるのじゃ。そして、一日も早よう小谷へ帰りたいと彼は強く思った。

造営工事は驚くべき早さで進捗し、三月に入ると、木造部分の造営にかかったが、ここでも信長はその権力にものをいわせ、本圀寺などを取り壊し、その木材を使用するやり方で更に工事を早めた。

当然、一部の者達からは密かな批判があったが、都の安寧を望む民衆の多くは信長を支持した。

しかし、これに反し、義昭の権威は日毎に失墜し、彼の不満は鬱積していくばかりであった。

すでに、義昭は信長の許可なく何事もできないように足かせをはめられていた。

この蜘蛛の糸から逃れようと、義昭は秘かに各地の大名に御内書を発して画策を続けていたが、これらは全て信長に筒抜けになっており、二人の中はいよいよ険悪になっていった。

特に、義昭がいまだに朝倉家を当てにし、何かと内通しているのが信長の癇にさわり、信長の朝倉家への憎しみも日毎に燃え上がっていった。

誰の目にも、次に信長が兵を向ける相手は朝倉家であろうと想像できた。

そして、それは即ち、いよいよ浅井家が決断を迫られる時であった。

長政の表情にも、長い都生活のせいばかりではなく、その決断を迫られている憔悴の色が色濃く浮かび上がっていた。

桜が終わり、都がしたたるような緑に包まれた四月の中頃、二条城は竣工し、祝賀の能が行われ、信長と義昭は仲良く並んでそれを観た。

二人は内心はともかく、表面上は親密さを天下に示す必要がそれぞれあったのである。

そして、四月二十一日、信長は再び柴田や木下の諸将を都に残して岐阜に帰っていった。

浅井勢も信長の後を追うように都を後にした。

近江の山々は深い緑に包まれ、平野ではぼつぼつと田起こしが始まっていた。

正月七日に上洛して以来、すでに丸四か月が経過している。小谷には、もう歌仙絵が届いているかどうか。

そして、立子の具合はどうであろうか。立子が歌仙絵を愛でることができる内に、何とか歌仙絵を届けたい、喜右衛門は祈る思いであった。

又、自分自身のことでは、四か月に及ぶ都の生活は思い出したくないことばかりであった。

特に、弥太郎を救うためとはいえ、ゆきずりの人間を斬ってしまったことは、忘れようとしても忘れられることではなかった。

あの時の、あの男の悲鳴が、いつまでも耳にこびりついて離れない。

そして、路銀を押し頂くようにして受け取り、逃げるように都を後にした弥太郎の疲れ果てた土色の顔も執拗に瞼に浮かぶ。

自分が長政に自分自身の栄達を賭けたように、弥太郎もまた同じ思いで、一旦は自分にその将来を賭けたに違いないのだ。その男をあのように愚かなことで失ってしまうとは……。

喜右衛門は、長政に託した自分の夢が、いつの間にか、激しい雨を受けた砂山のように崩れていくのに気づいていた。

長政がこのまま信長の頤使に従っている以上、浅井家はついに織田勢の一部隊に過ぎない。

いやむしろ、思わぬ齟齬から信長の怒りにふれ、浅井家が抹殺されることさえ考えられないことではない。

今はただ喜右衛門は一日も早く歌仙絵を不動院に届け、あるいは次の戦さが織田軍と戦うことになるならば、その時こそ、信長と刺し違えてやろうと密かに思い定めていた。その機会は必ずもう一度訪れる筈だと喜右衛門は確信していた。

小谷へ帰り着いた喜右衛門は、早速、祐筆に歌仙絵が届いているかどうかを訊ねたが、まだ届いておらず、どんなに急いでも秋口までかかるという。

もし、歌仙絵が届いておれば、すぐにでも届けようと思っていた喜右衛門の落胆は大きかったがやむを得ない。信長の越前進攻が少しでも遅れるのを祈るばかりであった。

そして、初秋、信長は大方の予想に反して、急遽、南伊勢に進攻、簡単に北畠家を平らげ、今度は阿波、讃岐に攻め込もうとしたが、再びここで義昭と意見が対立した。

義昭は、すでに信長の留守中に、彼の力を弱めるために、密かに毛利家に両国の切り取りを命じていたのである。

激怒した信長は、義昭の顔も見たくないというように、すぐに岐阜に引き上げてしまった。

驚いたのは、義昭の取り巻きや、朝廷の関係者である。

当然、信長と義昭の衝突は、折角訪れた都の静謐に大きな影響を与える。

朝廷では慌てふためいて信長を慰撫し、信長はようやく明春には再び上洛することを約束し、ことは落着した。

こうした信長の一連の行動と都の状況は逐一、細作から長政の元に知らされていたが、この頃、長政の心境は確実に変化していた。

彼もいつしか、はっきりと信長から離れていく自分自身の心に気づきはじめていたのである。

やがて、江北の空に白いものが舞う頃、やっと歌仙絵が喜右衛門の元に届けられた。

その日の夕方、喜右衛門の屋敷に届けられた歌仙絵は、荷車に積み上げられ、その上から菰と油紙の覆いがかけられていた。

荷車に付き添ってきた絵師は。そのこんもりとした荷を指差して、

「途中、何度も鉄砲ではないかと荷を改められましてござります」と笑った。

そして、依頼主が思いもかけぬ壮年の侍であったことに驚いたような顔つきで、

「して、この品はどこへお届けでござりまするか」と訊ねた。

喜右衛門が、

「多賀の不動院へ寄進する所存でござる」と答えると、絵師は更に驚いた表情で、

「それはそれは、ご奇特なことでござりまする。では、早速お目にかけまする」といいながら、荷をほどこうとしはじめた。

「いや、そのままで結構じゃ。明日、早速このまま寄進に参るゆえ」

喜右衛門は絵師を制し、すぐに才八を呼んで、荷の移し替えを命じた。

その荷を見た松乃は、

「大きなものでござりまするなあ」と、興味深そうな表情をしたが、喜右衛門が荷をほどこうとしなかったので、そのまま口をつぐんで屋敷に戻っていった。

その様子を見て、喜右衛門はふと不憫な気がしたが、この歌仙絵は先ず誰よりも先に立子に見せたいという思いがそれに勝り、ついに松乃を呼び止めることはしなかった。

そして、次の日の早朝、喜右衛門は才八に留守を命じ、二人の小者に荷を牽かせて不動院に向

かった。

道端の草木にはしっとりと霜が降り、霧が流れていた。

荷車を牽きながらの進みは遅い。喜右衛門は昼過ぎにようやく不動院に着いた。

雲ひとつない初秋の青空である。本堂を覆う飯盛木はすでにすっかり落葉し、たくましい枝を空高く広げていた。

「頼もう、頼もう」

喜右衛門が玄関で声をかけると、見知らぬ下男が出てきた。

「遠藤喜右衛門と申しまする。院主さまにお取り次ぎ下され」

下男に取り次ぎを頼むと、待つ間もなく祐賢が現れた。

すでに足元も覚束ない歩き方で、顔も一段と小さくなった感じである。

「おお、これはこれは、喜右衛門……」

祐賢は大きく目を見開いて、前ぶれもなく突然訪れた喜右衛門を呆然と見つめた。

「院主さま、お変わりもなく祝着に存じまする。今日は突然のことで驚かせましたが、先頃、ご寄進のお許しを得ました三十六歌仙絵がようやく到着致しましたので、お届けに参りました」

喜右衛門は傍らの荷車を示していった。

「おお、やっと届いたか。立子も心待ちにしておったのじゃ」

「なかなか届きませず、それがしもやきもきしておったのでござりまするが、ようやく昨日届きました。それがしもまだ見ておりませぬが、ひとまずお受け取りを」

「おお、さようか。有り難いことじゃ。では、早速書院へでも」

「はっ、承知仕りました」

そして、喜右衛門は小者達に荷を下ろさせ、書院へ運び込ませた。

その時、立子も書院へ入ってきた。

体が一層細くなり、顔色が透き通るように白い。それでも、うっすらと化粧のあとがうかがわれ、目ばかりが大きく見える。

「立子どの・・・・」

喜右衛門は思わず駆け寄って、立子を抱きしめたい思いがした。

「喜右衛門どの・・・・」

立子は静かに喜右衛門の前にひざまずいた。

髪に櫛を入れたあとがうかがわれ、ほのかに香が匂った。

その香りが先年の抱擁を鮮やかに思い出させ、喜右衛門の胸が苦しいまでにときめいた。

「立子、お前が待っておった歌仙絵じゃ。ようやく、昨日小谷に届いたそうじゃ」

「ほんに待ちかねておりました。喜右衛門どのもお忙しかったことでござりましょうに・・・・」

立子は子供の頃からの癖のまま少し首を傾けて喜右衛門を仰ぎ見た。その目に恥じらいと嬉しさがこぼれるように浮かんでいる。

その内にも、額の包みが次々と書院へ運び込まれてきた。

「それでは、院主さま、この場で開いてよろしうございますか」

「おうおう、開けてくれ。わしらも早よう見たい」

祐賢と立子の目には待ちかねたような色が浮かんでいた。

「はい、それでは……」

喜右衛門は脇差に手をかけると、立子が慌ててそれを制し、厨から鎌を持ってきた。

喜右衛門はその鎌で、一番上の包みから縄を切った。

包みは頑丈で、額は菰包みの下に、更に油紙で包まれていた。

そして、喜右衛門が一番上の包みを開けると、中から辺りを払うように鮮やかな顔料で描かれた柿本人麻呂の歌仙絵が現れてきた。

「おお、見事なものじゃ」

「なんと美しい」

期せずして、祐賢と立子は同時に感嘆の声をもらした。

絵の中の柿本人麻呂は、鼠色の奴袴《ぬばかま》に白い袍《ほう》をまとい、烏帽子姿で、鮮やかな厚畳《あつじょう》にゆったりと腰を下ろしていた。

そして、絵の上部に張り合わされた黄金と白の色紙形に流麗な筆で歌がしるされている。

立子は目を光らせて絵をのぞき込み、その歌をなぞるように詠み上げた。

「ほのぼのと　明石の浦の　朝霧に
　島かくれゆく　船をしそ思ふ……、見事なものでござります る」

二枚目は紀貫之であった。

貫之は黒袍の衣冠姿で、膝に立てた笏《しゃく》に顎を乗せて、のんびりと安座していた。

「さくらちる　木の下風は　寒からで
　空に知られぬ　雪そふりける」

立子が再びなぞるように詠み上げ、喜右衛門はゆっくりと順を追って包みをほどいていく。

四枚目は女流の伊勢で、ひときわ鮮やかであった。伊勢は紅葉と濱松の文様が描かれた華やかな唐衣をまとい、裳裾《もすそ》の色は強い朱色であった。

「みわの山　いかに待ちみむ　年ふとも
　尋ぬる人も　有らしとおもへは……」

立子は低く静かな声で読み続けた。

更に、山部赤人の鶯色の地に鳥の文様、猿丸太夫の薄墨の地に柏の文様、藤原高光の赤い地に唐草の文様などのえもいわれぬ美しさ、又、色とりどりの紙形にしるされた歌の文字はまだ墨の香りが匂い立つように鮮やかであった。

三人はもう時の経つのも忘れて、次々とあらわれてくる歌仙絵の美しさに見とれていた。

そして、ついに三十六枚の最後の一枚になった。最後は女流の中務《なかつかさ》であった。

中務も、鳥の丸文と唐草の描かれた唐衣をまとい、能面のように美しい顔をこちらに向けていた。

「うぐひすの　声なかりせば　雪消えぬ

　山里いかで　春をしらまし……」

「見事なものじゃ……」

祐賢は改めて感にたえぬようにつぶやいた。そして、中務の額の右上部の余白を指差していった。

「喜右衛門、ここへ、お前の名前を入れてくれぬか」

「えっ、それがしが……」

「そうじゃ、お前が自ら書き入れるがよい」

祐賢は皺の深い顔をほころばせて、硯が乗っている文机を引き寄せた。

この文机も、その昔、喜右衛門と立子が共に並んで、祐賢の手習いを受けた懐かしいものであった。

「ゆっくりと墨を摺り、心を落ち着けて書くのじゃぞ」

立子もうなずき、目じりに皺をためて微笑んでいる。

喜右衛門は気持をあらためて墨を摺り始めた。

墨の香が部屋に立ちこめる。

そして、喜右衛門は祐賢が出してくれた新しい筆にたっぷりと墨を含ませ、二、三度試し書きをしてから、中務の額に向かい

奉掛之　遠藤喜右衛門尉直経敬白
　永禄十二年十一月吉日

と一気にしたためた。

「なかなか力強い筆使いじゃ。これでお前の赤心が末代まで伝わることであろう」

祐賢は満足そうにうなずいた。

「有り難いことでござります る」

喜右衛門も胸ににじんでくる喜びを噛みしめながら、深々と一礼した。

そして、ふと外に目をやると、庭にはもう暮色が漂い始めていた。

「おお、ずいぶん永くお邪魔致したようでござりまする。それではこれにて・・・・」

喜右衛門が立ち上がろうとすると、立子が急いで引き止めた。

「喜右衛門どの、今夜は泊まっていかれませぬか」

「そうじゃ、今夜は泊まっていってくれ。次の機会はもういつになるか分からぬではないか」

「……」

「喜右衛門どの、そうなさりませ。すでにお供の衆にもさよう伝え、夕餉など運ばせておりまするゆえ」

立子は喜右衛門の袖を押さえんばかりにしてさらに引き止めた。その目には今までにない必死な色が浮かんでいた。

祐賢のいう通り、思えばもうこのような機会は二度とないかも知れない。それに、今の今、軍令が発せられることもなかろう。

今夜は厄介になり、明朝は早くに辞去しようと思った。

「それでは、お言葉に甘えまする。しかし、明朝は早々に出立致しまするゆえ、それだけはお許し下さいませ」

「おお、嬉しいこと。それでは、すぐに支度にかからせまする」

立子ははずんだ声を出して厨に立っていった。

「あれも、今日の日を楽しみにしておったのじゃ。あれの生きておる間に歌仙絵が届き、わしも嬉しい」

「滅相もないことを……。あのように息災[illegible]はござりませぬか」

喜右衛門がいうと、祐賢は急に眉をひそめた。

「それがのう、喜右衛門、先頃も訪ねてくれた薬師がそっと漏らすには、もう一年はもつまいというのじゃ。今日はお前が来てくれたゆえ、あのように動いておるが、近頃は床に臥せっている方が多いのじゃ」

「さようでござりまするか……」

喜右衛門は立子が動ける内に、歌仙絵を届けることができてよかったとしみじみ思った。

その内に書院に灯が入り、下女たちによって膳が運び込まれた。祐桓は先頃から、都へ修行に上がっているとかで、書院に並べられた膳は三つであった。

炭火が赤々とおこっている火桶も運び込まれてくる。

やがて、膳部が整い、祐賢と喜右衛門が向き合い、立子は下座に座った。

立子が瓶子《へいじ》をすすめる。

「一献だけ頂戴致しまする。それがし、相変わらず酒は飲めませぬので……」

「おお、そうであったのう。浅井家にその人有りといわれた豪の者でも、酒ばかりは苦手か」

祐賢は歯の抜け落ちた口を虚《うろ》のように開けて笑った。

祐賢は若い頃から酒が強く、今も寒さしのぎに毎晩口にしているという。

膳の上には、鯉の煮物や汁、麩の和え物などが並んでおり、その隅にはいつものように梅干の鉢が置かれていた。その梅落としの懐かしい思い出がよみがえる。

三人は、そうした昔話や、お互いの近況などを語りながら時の経つのも忘れた。

「したが、喜右衛門、信長どのの越前攻めも近いというが、その時、浅井家はいずれに味方をすることになるのじゃ」

祐賢が杯を口に運びながらきいた。

「それが……、それがしなどにも分からないのでござりまする」

「ふうむ、長政どのの苦衷も察せられるのう」

「その通りでござりまする。しかし、いずれにせよ、その時こそ、浅井家の存亡を賭けた時でござりまする。織田家に従って越前に攻め込むにせよ、織田家と袂を分かち、朝倉と共に之に立ち向かうにせよ、その時こそ、それがしも、命を捨てる時と覚悟致しております」

「うむ……」

祐賢は杯を持ったまま瞑目した。

立子もはっと箸を止めて、身を固くした。

いつの間にか風が出てきたと見え、境内の杉の梢が音を立てて揺れ始めた。

三人はしばらく身じろぎもせずにその音に耳を傾けていた。

部屋の冷え込みも一層厳しくなり、立子は重ね着の襟元を合わせながら咳き込みはじめた。

「立子どの・・・、冷え込んでまいりました。もう休まれませ」

喜右衛門は咳で赤くなっている彼女の顔を見て、気づかった。

「おお、そうじゃ。立子ももう休むとよい。わしも、これで失礼しよう」

祐賢も襟元を合わせ、自分の足元を気づかうようにして立ち上がった。

すぐに、下女が現れ、膳部を引き上げた。

立子はそれを見届けてから、ゆっくりと立ち上がった。

「どうぞ、ゆっくりとお休みなさりませ。明朝の出立前には又お目にかかりまする」

「どうぞ、もうお構い下さるな。それがし、早々に出立致しまするゆえ」

「・・・・」

喜右衛門の言葉に立子は何も答えず、彼の顔をじっと見つめてから書院を出ていった。

下女がのべた褥に横たわると、梢を渡る風の音が聞こえ、書院の内障子がひそかな音を立てた。

喜右衛門は目を大きく見開いたまま、じっとその音を聞いていた。

喜右衛門とて、もう明朝、立子と別れてしまえば、それがついの別れになるであろうことは覚悟していた。

なのに、今夜、二人はこのまま何事もなく過ごしてしまうのだろうか。立子は今、その褥で何を思っているだろう。あるいは彼女がこの部屋を訪うてくることはないのだろうか……。

喜右衛門は次々妄念にとらわれ、いよいよ目が覚めていくばかりであった。

夕方、あのまま辞去すれば、このような思いにとらわれることはなかった筈なのに、なまじ泊まったばかりに、喜右衛門の脳裏は冴えていくばかりであった。

風が渡ると、ざわざわと梢が騒ぎ、風が落ちると、境内は不気味に静まり返り、思わぬ近くでむささびが叫ぶように鳴いた。

思い出したように書院の内障子が音を立てる。

その度に喜右衛門は耳を澄ませたが、その音はまぎれもなく森を吹き抜ける風が蔀戸《しとみど》を叩き、障子を揺する音であった。

そして、ついに喜右衛門は浅い眠りのまま黎明を迎えた。蔀戸の透き間から入った明かりがわずかに障子をほの白く浮かび上がらせる。

喜右衛門はひそかに身支度をして玄関へ出て行った。

すると、そこにはすでに立子が佇んでいた。辺りはまだ薄明りである。

彼女もあまり眠れなかったのだろう。細い目元がはれぼったく見えたが、彼女はその目でうなずきながら玄関に下りた。

「おそらくこれが今生の別れになろうと存じまする。喜右衛門どのは決して死に急がれますな」

立子は喜右衛門を仰ぐようにしてはっきりといった。

「なにをいわれまする」

「いいえ、自分の体のことは自分が一番よく分かりまする。おそらくはもう……」

「立子どの……」

喜右衛門のまぶたに思いもかけず涙があふれ、立子の顔がぼうっとにじんで見えた。

立子のまぶたにも涙がこぼれ出ている。

喜右衛門は我慢しきれず、掻き抱くようにして立子の体を引き寄せた。

立子も両手を喜右衛門の体に回し、身をすくめるようにして彼にすがりつく。

立子の髪が、子供の頃と同じように匂い、二人はしばらくお互いの嗚咽を聞くようにして抱き合っていた。

抱擁をとき、二人が外に出ると、外はようやく夜が明けそめたばかりで、寒気が激しく、どこからか鶏鳴が聞こえてきた。

すでに小者が玄関前に馬を牽き出し待ち構えていた。

しっとりと濡れた馬体からは湯気が立ち上っている。

冷え込みが一段と強まり、立子は続けて咳き込んだ。

「もう、中へ入られませ。体が冷えまする」

喜右衛門が気づかったが、立子は口元を押さえながら、彼の目をじっと見つめた。眉間の血管がひときわ青々と透けて見える。

「ご武運の長久をお祈りしておりまする」

「立子どの……、立子どのが生きておられます限り、それがしも生き続けまする。くれぐれも御身を大切になさりませ」

喜右衛門は小者の手前もはばからず、握り拳で涙をぬぐった。

立子も袖を顔に押し当てて再び嗚咽をもらした。

小者が静かに喜右衛門の前に馬を牽いた。

「では、これにて……」

喜右衛門は立子を振り払うように馬にまたがった。

小者が馬を牽く。

荷車も鈍い音を立ててそれに続いた。

喜右衛門が途中で振り返ると、薄明りの不動院の門の前で立子が何時までも立ちつくし、彼に向かって合掌を続けていた。

「立子どの、体が冷えまする。早ようお入りなさりませ」

喜右衛門は心の中でつぶやきながら立子に向かって一礼すると、大きく手綱を引いて馬を表門に向けた。

姉川

信長は翌永禄十三年の三月に入京し、四月十四日、二条城で猿楽能を催した。

正面に信長と将軍義昭が着座し、徳川家康、三好義継、松永弾正など招かれた諸将が華やかに列座していたが、今回もついに朝倉義景は姿を見せなかった。

信長の思惑の通りであり、信長は猿楽能が終わると同時に朝倉征伐の軍令を発し、麾下の武将達に近江坂本に集結するよう命じた。

しかし、浅井家にはかねての考え通り、織田勢の出兵を知らせる早馬を送っただけであった。

信長は浅井家と朝倉家との関係に配慮し、あえて何の相談もせず、もちろん出兵要請もしなかったのである。

長政とて、この自分の配慮を多として、小谷城を動かず事態を静観するに違いない。信長はそう判断していたのである。

しかし、小谷城にはすぐに朝倉家から合力を依頼する使者が到着した。

長政は激しく悩んだ。

彼は、信長が浅井家の苦衷を察して、あえて通り一遍の知らせだけで越前に向かった配慮が分かりすぎるほど分かった。しかし、このまま恩義ある朝倉家を見殺しにしてよいものかどうか。

長政はついに決断の時を迎え、急遽、重臣会議を招集した。

会議は大広間で行なわれ、正面の長政、久政を囲んで左右に重臣達が居流れた。

喜右衛門の向い側の上席には磯野が整った顔を紅潮させて座り、激しく喜右衛門をにらみすえていた。

親織田家ともいえる彼は、先年来、家中の空気がとみに自分の好まない方に流れつつあるのをはっきりと感じていた。

そして、その流れの中心にあるのが長政の父久政であり、喜右衛門もその有力な一員であると考えていたのである。

事実、喜右衛門はひそかに、この信長の越前侵攻を、再び訪れた絶好の機会だととらまえていた。

信長が麾下の各将に坂本に終結するように命じたのは、さすがの信長も長政の苦衷を察し、これを無益に刺激しないよう越前には湖西路を取って侵入しようとしているに違いない。

それならば、事態を静観すると見せかけておいて、織田勢が越前に入った時点で後を扼《やく》すれば、織田勢は袋の鼠である。今度こそ、信長を亡ぼす絶好の機会ではないか。

喜右衛門はすぐにもその考えを口にしたい気持を懸命に抑えていた。

汗をにじませた手が袴を握りしめ、膝頭がじりじりと前にいざった。

と、その時、喜右衛門の上手から、浅井石見守が我慢し切れぬというように顎を突き出していった。

「織田家よりは、あらかじめ何の委細もござりませなんだのか」

彼は浅井一族の中でも勇猛果敢な武断派として知られ、その噛みつくような口ぶりを前にして、長政の顔は苦しげにゆがんだ。

「何の連絡もなかった……。当家のことはよほど軽く見ておられるようじゃ」

「信長め、当家を侮り、かねての約束も反古にしおったか」

久政も激しい口調で吐き捨てた。

「怖れながら、それがし案じまするに、信長さまは、当家の苦衷を察してのことではござりませぬか――」

磯野がたまりかねたように口をはさんだ。

皆の視線が彼に集まる。

「――、ここは信長さまの意を察し、冷静に判断をなさるべきかと存じまする」

磯野の発言にも理があった。信長が浅井家に出陣要請を出さなかったのは、浅井家に無闇な動揺を起こすことを怖れたからに違いない。一時の感情に任せて、織田家を敵に回すことは、浅井家を滅亡に導くことになると磯野はいうのである。

喜右衛門にも、長らく行動を共にしてきた織田家の強さがよく分かっていた。

「されば、磯野どのは、朝倉家を見殺しにするといわるるか」

浅井石見守が再び射抜くような目を磯野に向けた。

「お家のためにはやむを得ぬことではござらぬか。ここは、お家のために心を鬼にせねばと……」

磯野も苦しげに唇を噛んだ。

「しかし、今日の浅井家あるは、その上《かみ》からの朝倉家の後ろ楯があったからでござるぞ。その朝倉家の危機に際して、手をこまねいていよと申されるか。それがしには、到底納得でき申さぬ」

「石見守の申す通りじゃ。我が浅井家はそのような忘恩の家になってはならぬ。大永の昔から、事あるごとに、当家を援けてくれた朝倉家の恩に今こそ報いる時じゃ」

久政が得たりとばかりに口を添えた。

長政は正面で腕を組み、苦しげに瞑目したままであった。そのふっくりとした赤ら顔が一層赤らんでいた。

織田家を敵に回した場合の恐ろしさはもとより、信長は仮にも義兄である。

そのようなことになった場合、お市がどれほど嘆き悲しむことか。二人の間にはすでに三人の女児と一男が生まれている。その幼い子をかき抱いたお市の悲しそうな顔が長政の脳裏に浮かんでは消えた。

お市や子らの行く末を思えば、尚のこと、ここは小谷城に鳴りをひそめて自重すべきであろう。

しかし、そこまで考えても、なお長政は織田家と決別したい気持を抑えかねていた。

「それがしも、織田家とことを構えるのは反対でござりまする。なるほど、当家は朝倉家に対して恩義がござりましょう。しかし、ここは目をつぶってでも、織田家に与み致しませんと、お家の行く末が……」

喜右衛門の下座から一人が発言したが、それを押さえ込むように久政が口を開いた。

「織田家、織田家と何ほどのことがあろう。織田勢が越前に入るのを待って、退路を断てば、織田勢は袋の鼠じゃ。思えば、今こそ、千載一隅の時ではないか。余は今こそ、信長を討つべき時じゃと思うぞ」

隠居として、近頃は積極的な発言を慎んできた久政の会議を壟断《ろうだん》するような言葉に、一同は息を呑んだ。

久政の信長嫌いが通り一遍ではないことを改めて思い知ったのである。

しかし、喜右衛門にはこの会議の流れも結論も読めていた。

更に、久政が自分と同じ戦略を温めていたことも、意外なことではなかった。もし、織田家に対して勝機がつかめるなら、この機会しかないことは、ひとり喜右衛門のみならず誰にでも分かることであった。

「御意。今こそ、信長を討つべし」

喜右衛門は身を乗り出し、一同をにらみまわして力強く発言した。

大広間のあちこちからも、久政の意見に同調する声が上がった。

そして、この時、やっと長政の目が開かれ、彼は一呼吸おいてからはっきりとした声で断を下した。

「よし、やってみよう。我が浅井家は朝倉家に味方する――」

大広間に大きなどよめきが流れた。磯野は顔を蒼白にさせてうつむいた。

「――、しかし、織田勢が越前に入るまではこの動きをけどられてはならぬ。今、しばらくは、事態を静観する構えでいるのじゃ」

長政はもう一度、皆に念を押すように鋭い目を向けた。

そして、改めて十分練られた戦略は、織田勢が越前の朝倉家の支城、天筒山城、金ヶ崎の二城を落とし、木の芽峠にかかった時点で、後から襲いかかるというものであった。

朝倉家への使者には長政の股肱《ここう》と共に喜右衛門が発つことになった。

この作戦が成功するか否かは、ひとえに浅井家の動きが信長に覚られないことにある。浅井家の動きが先に信長に覚られた場合は、織田勢はただちに進撃を中止し、長政の作戦は画餅に帰してしまう。

しかし、それまで浅井家の動きが信長に覚られないものかどうか、喜右衛門らはそれを思いひたすら馬を急がせた。

喜右衛門らを迎えた朝倉家の重臣、景健は長政からの書状を押し戴き、小躍りせんばかりに喜んだ。

「かたじけのうござった。これで、当方の勝利は疑いのないところでござる。我がお屋形もいかばかりお喜びになることか。喜右衛門どののらのご尽力でござろう。重ねて厚く御礼申し上げる」

「いやいや、前《さき》のお屋形をはじめ、家中の総意でござる。こんどこそ、ぬからず信長の首を上げねばなりませぬ」

「承知致した。我が軍も、織田勢を十分木の芽峠に引きつけて、逆落としを食らわせ、すり潰してくれましょうぞ」

景健の目には涙が浮かんでいた。まさに、浅井家のこの決断は、朝倉家に起死回生をもたらせるものに違いなかったのである。

喜右衛門らはそれから休む間もなく小谷へ取って返した。


一方、坂本に集結した織田勢は四月二十日、北上を開始した。

信長はその先手に木下藤吉郎を命じ、その後をゆっくりと追った。

彼は、家中に、浅井家に対し通り一遍の知らせだけで越前に出兵したことに対する不安があるのをよく知っていた。

その不安を抑える意味でも、付近一帯に数多くの細作を放ち、浅井家の動きを十分見つつ越前に向かったのである。

浅井家の不穏な動きも伝わってこない。

信長は安心して越前に侵入した。

そして、四月二十五日、敦賀まで本陣を進め、天筒山城と金ヶ崎城をわずか二日で落とした。

織田勢の意気は大いに上がる。

そして、先手の木下勢はすぐにも木の芽峠に向かうばかりとなった。

木下は信長の命令を待ちながらも度々、物見の兵を木の芽峠の周辺に放っていた。

ところが、次々と帰ってくる将や兵達は、木の芽峠の朝倉勢の戦意が予想外に高いと報告してくる。

瞬く間に、二城を落とされ、早々と木の芽峠に退散した朝倉勢の戦意がなぜそれほど高いのか。さらに、総大将朝倉義景自らも木の芽峠に出陣しているという。

敏感な木下の勘が、それとない不安をしきりに伝える。

木下は、この気配を正確に本陣に伝え、更に神経をとぎ澄まして木の芽峠に向かい合っていた。

木の芽峠に暮色が漂い、二十七日が暮れた。

信長の本陣でも、その日の夕方から、先手の木下の注進に併せるかのように、北近江に放ってあった細作から浅井勢の不穏な動きが伝わってきた。

尾上、今浜などの港に船が集結し、小谷城の周辺には続々と将兵が集まりつつあるという。

あるいは……。

信長の胸に、血が引くような不安が走った。

常に、内心では、その鈍重さをあざけってきた長政の顔が、不気味な大きさとなって目の前にのしかかってくる。

信長の本陣の動きが急に慌ただしくなり、徳川家康を始め、柴田、木下らの重臣が集められた。

信長の決断は早い。各将が集まるのを待ちかねたように、信長は開口一番
「どうやら、読み違えたようだで。退き陣じゃ」といって、底光りのする目で一同をにらみつけた。

その薄い口元は、軽んじていた義弟に見事に足元をすくわれた悔しさと自嘲でゆがんでいる。

そして、木下に殿《しんがり》を命じると、早くも自身の馬を曳かせた。

一方、小谷城でも、この日には、満を持して長政の出陣命令が出されていた。

敦賀に放ってある細作からは、まだ織田勢が木の芽峠にかかったという知らせは届いていなかった。

しかし、いつまでも浅井家の動きが信長にけどられない筈はなかった。長政は逡巡しつつつ

いに出陣を命じたのである。

浅井勢は陸路は敦賀表へ、湖上路は高島を目指して進撃を開始した。

喜右衛門は一隊を率いて塩津街道に向かった。

「急げや、者共。信長の尻をくくり上げるのじゃ」

喜右衛門は怒号を上げて兵達をあおり立てた。

迅速果敢な信長のことである。何時、浅井家の離反に気づき、総退陣《のきじん》を決定するかもしれない。

そうなれば、大魚を逸するだけではなく、浅井家自身が滅亡の淵に立たされることになる。

しかし、信長の退き足は長政の予想をはるかに越えていた。

喜右衛門の一隊が先陣を切って沓掛峠を越え、敦賀表に入った時には、すでに信長の本隊は若狭路に駆け込んでいた。

喜右衛門の馬を見つけて、先に放ってあった物見の兵が息せき切って駆け戻ってきた。

「織田勢、急遽、総退陣となり、すでに殿の木下勢も若狭路に入りつつあります」

「何と。すでに若狭路まで退いたと」

喜右衛門は目を飛び出させて物見の兵を睨みつけた。

絶望感で目の前が暗くなるような気がする。

あるいはと怖れていたことが現実になってしまった。長政のわずかな逡巡が、一旦は袋の鼠になりつつあった信長を脱出させてしまったのである。

次々と戻ってくる物見の兵が織田勢の動きを伝えてくる。

それによると、織田勢の退陣を知って襲いかかった朝倉勢も、織田勢の殿、木下や佐々勢に取りつくだけで精一杯で、早々陣を退いたという。

やむなく、喜右衛門達は、その地点で空しく野営をした。

夜半に帰ってきた物見の兵も、湖上路を高島に向かった磯野勢も結局は信長の本隊を捕捉できなかったことを伝えてきた。

そして、信長は駆けに駆けて、ついに朽木谷を抜け翌日には無事京に帰り着いていたのである。

次の日、敦賀から小谷へ引き上げる浅井勢の足取りは重かった。

ほとんど口を開く者もなく、ただ馬のいななきと馬具の音だけが谷間に響いていた。

どの将兵も、これから訪れる厳しい事態に思いを馳せないではいられなかったのである。

報復の念に燃えた信長は、おそらく時日を置かずに、浅井家に兵を向けるに違いない。兵数、戦力に格段の差がある織田勢を相手にどう戦うのか。誰しもが暗澹たる思いで小谷城に向かっていた。

喜右衛門も、かって二条城の修復工事の時に、激しく叱責された時の信長の凄まじい表情を思い出していた。

あの男と、ついに真正面から戦う日が来たのか。

真正面からぶつかった場合の勝算は極めて低い。ただ死力を振りしぼって戦うだけだ。いよいよ、死ぬ時がきたのだと喜右衛門は鎌槍を握りしめて思っていた。

そして、その夜、激しく疲れて帰り着いた喜右衛門が寝間に入ろうとすると、松乃が後から声をかけた。

「あのう……、どうやらややができたようです……」

喜右衛門は思わず耳を疑る思いで松乃の顔を見つめた。

すでに松乃を娶って十年余になる。もう子はできないと諦めていたのに、今の今、しかもこのような時期に……。

喜右衛門に見すえられて、松乃は今にも泣き出しそうに顔をゆがめて彼を見上げた。

「そうか……、ややができたか……」

喜右衛門はうめくようにつぶやいた。

めでたいことではあったが、自分はすでに死を決している。おそらく、その子が生まれた時には自分は亡きものになっているであろう。

「いけませなんだか……」

松乃は消え入りそうな声でいった。

「いやいや、何をいう。めでたいことぞ」

「……、しかし、そなたさまは……」

そして、松乃は一瞬いいよどんでから、思いを決したようにはっきりといった。

「そなたさまの心の中には、他の人がおいでのご様子、ご迷惑ではございませぬか」

「何をいう」

喜右衛門の目が凍りつき、次の瞬間、大きく宙をさまよった。

そして、彼が言葉を続けようとした時、松乃は笛のような声を上げて床に倒れ伏した。

「松乃……」

喜右衛門は言葉もなかった。

松乃に子ができたことより、彼女が彼の心の中に住まう人の存在に気づいていたことが衝撃であった。

喜右衛門は泣き伏している松乃に、

「さあ、もう寝ようぞ。我らにも子ができたのじゃ。めでたいことではないか……」と声をかけて、ようやく寝間に入っていった。

しかし、その夜、松乃はついに寝間に入ってこず、喜右衛門は眠れぬままに時を過ごした。急に、考えなければならないことが、目の前に積み上げられた気がする。

来るべき織田軍との戦いのこと。彼の心の中に気づきながら、それをおくびにも出さなかった松乃のこと。おそらくは自分の死後に生まれてくるであろう子のこと。そして、さらに死期が近づいている立子のこと……。

やがて、一番鶏が鳴くころ、彼は松乃とその子のことは、須川の父に任せることに思い定め、ようやく浅い眠りに落ちていった。

信長挟撃に失敗した将兵達が帰ってくるのを待って、小谷城では重臣会議が開かれた。

会議では、皆一様に落胆の色を隠せず、積極的な発言は少なかった。

もはや、全ての者が消極的に織田軍の攻撃にどのように備えるかばかりに思いをめぐらせていたのである。

しかし、その中で、磯野だけが、これまで親信長派として、信長とことを構えるのに終始反対であった彼とは思えない勢いで発言した。

「おそらく、信長どのは一旦岐阜に帰り、態勢を立て直してから攻めかかってまいりましょう。その信長どのを岐阜へ帰る前に捕らえねばなりませぬ。そのためには六角家の力が必要でござる。すぐにも、六角家に使いを出されるべきでござりましょう」

明敏な彼は、もう長政の釆が投げられた瞬間から、見事に頭の切りかえが終わっていたのである。

喜右衛門がそれを受けて発言した。

「磯野さまの申される通りでござる。早々に六角家と結ばねばなりませぬ」

これまでは、磯野と何かと合うことのなかった喜右衛門が、直ちに賛意を示したのである。会議の列席者は一様に驚きの目を喜右衛門に向けた。

磯野も思いを改めるように喜右衛門の顔を見つめた。

そして、一つ大きく頷いてから、長政に決断をうながすように目を転じた。

「よしっ、すぐに六角家に使いを出そう」

長政も愁眉を開くようにいった。

やがて、信長自身も本隊を引き連れて京を立ち、岐阜に向かうという報が入った。

これに呼応し、新たに浅井家と結んだ六角承禎は石部城を固め、浅井勢は愛知川北岸の鯰江城まで進出し、信長を挟撃する態勢を整えた。

磯野員昌は彼の居城、佐和山の後詰を命じられた。

そして、長政は朝倉家にも援軍を要請したが、先の対戦で大きな傷を蒙った朝倉家の腰は重い。

「朝倉の動きは、なぜ何時もこう手ぬるいのじゃ」

長政は苛立たしそうに歩き回った。

さすがの長政もこのところ常に緩慢な朝倉家の動きは腹に据えかねていたのである。もはや、浅井家は織田家に離反し、朝倉家を選んでしまったのである。せめて、織田家の半分でもの迅速さがほしかった。

「ええいっ、やむを得ぬ。このまま籠城して信長を待とう」

鯰江城での軍議の席で、長政はそう主張したが、喜右衛門は異議を唱えた。

「おそれながら、信長は今度は岐阜へ戻ることのみを考えておるはず、されば、わざわざこの城に兵を向けることはござりますまい。それがし、東山道をとらずに、鈴鹿越えで伊勢に向かうのではないかと考えまする。城を出て、戦うべきとぞんじまする」

「朝倉の援軍がまだ来ぬ今、出て戦って大丈夫か。六角の兵もさほどは当てにはできぬぞ」

「大丈夫にござりまする。信長は今は岐阜へ帰ることのみ急いでおりまする。日野へ押し出し、待ち構えましょう」

二、三の者が喜右衛門の発言にうなずいたが、長政は腕組みをしたままである。

喜右衛門はこの席に、磯野がいないのが残念であった。彼がいたら、おそらく喜右衛門の策に同調してくれたに違いない。

喜右衛門は今こそ、磯野が浅井家になくてはならない将であることを痛感していた。

「信長は二万の兵を近江に出しておるのじゃ。おそらく、真っ直ぐに東山道をとってこよう。籠城して、朝倉の来援を待とう」

越前での信長の捕捉に失敗した長政は、何時しか消極的になっており、今は敗れることを何より怖れていた。

浅井軍がより強大な織田軍に勝つためには、信長以上の果断さが必要なはずであるのに、長政は前回の信長の越前侵入時に続いて、今回もそれを自らの逡巡によって失おうとしていた。

若干十六才の初陣で、自ら六角勢に突っ込んでいったあの果敢さはどこへいってしまったのだろうか。

思えば、長政は、信長を義兄としてから、その本来の資質を徐々に失っていったように思える。

喜右衛門はそれが残念であった。

軍議は、喜右衛門の策を積極的に後押しするものもなく、長政の意見に決着した。

その後、佐和山の磯野からも、城を出て信長に向かうべきだという進言が早馬で寄せられたが、長政はこれも黙殺してしまった。

そして、案の定、大軍を率いて東山道をとるかに見えた信長は、日野城まで来て、急遽行く先を変え、わずかな近習だけを率いて鈴鹿越えの間道を取って伊勢へ逃れたのである。

信長にも、一揆の蔓延や朝倉勢の到着など、懸念すべき事態も多く、喜右衛門が指摘したように実際には余裕もなかったのである。従って、あるいは浅井勢が野戦覚悟で蒲生野に展開しておれば、信長を捕捉できたかも知れなかった。

当主義景の姻戚に当たる朝倉景鏡《かげあき》に率いられた朝倉勢はそれからしばらく経って小谷城に到着したが、当然何の役にも立たなかった。

また、喜右衛門は後に、この峠で信長が、六角家に雇われた甲賀者の鉄砲の狙撃にあったが、あわやのところで助かったことも聞き、今更ながら信長の強運ぶりに舌を巻く思いであった。

信長を捕らえることを二度も失敗した浅井勢は、今度こそ信長の来襲に備えなければならなかった。

浅井勢はすぐに小谷城に取って返し、喜右衛門はその途次、今回の顛末を知らせるために佐和山城を訪れた。

磯野は一通り報告を聞いてからも珍しく喜右衛門を引き止めた。

磯野も百々内蔵助の後を承けて佐和山城を預かってすでに十年近い。若かった頃は、研ぎ澄まされたように感じた風貌にも随分穏やかなものが浮かんでいた。

そして、先頃、喜右衛門が自分の戦略に直ちに積極的な賛意を示してくれたことにも気持を和らげていた。

磯野は茶を呈してからゆっくりと口を開いた。

「いよいよ追い込まれてきたのう。今度こそ、お家の存亡を賭けた大戦さになろう」

「御意・・・」

「お主とも色々のことがあったが、これもお家を思えばこそじゃ。許してくれ」

「滅相もござりませぬ。それがしこそ、身分もわきまえず数々のご無礼の段、お許し下さいますように」

ここ約十年、自分をまるで無き者のように扱ってきた磯野への思いが、あたかも陽光に当たった春雪のように解けていく。

今となってはもう遅いが、あるいは当初から磯野の考えのままに全てを運んでおれば、このような危機に直面することもなかったであろう。

それを思えば、喜右衛門の心の中に、忸怩たる思いがうずくようにわき起こってくる。

しかし、浅井家がそうした道に進んでしまったのも、今となれば、いわば浅井家の天命でもあったと喜右衛門は思うのである。

「ふふ・・・、思えば共に一国一城の主を夢見ておったものをのう」

「・・・」

一国一城の主・・・。自分は果たしてそのようなものを夢見ておったのだろうか。

今はもう喜右衛門は自分自身の気持さえ、はっきりとつかみ切れない思いであった。

喜右衛門の正面の武者窓から、切り取ったような初夏の青空が見えていた。

その青空にやっていた目を対座している磯野に戻すと、磯野の顔は目鼻立ちを失った塑像のように黒っぽく見える。

この磯野も、信長が岐阜を出立したという報が届くと同時に小谷城に急行し、浅井勢の先鋒を務めることになっている。

磯野勢は、野良田の戦い以来、一度も他家に先鋒を譲ったことがなく、今や自他共に認める浅井家中の最強集団であった。

来るべき戦いでは、磯野勢の戦い如何が勝敗の帰趨を定めることであろう。

喜右衛門はその磯野の落ち着いた顔を見ながら、自分も彼のような名門に生まれ、せめて一度でも千を越える将兵を指揮してみたかったと、羨望に近い気持を禁じ得なかった。

そして、その時、自分が常に磯野の意に抗ってきたのは、実はその妬心がなせる業ではなかったかと、一層深い悔いと慙愧の念に襲われるのだった。

「磯野さまのご武運をお祈り申し上げております」

喜右衛門も磯野の前を離れ難かったが、もはや話すこともない。

彼は虚心坦懐に一礼し、磯野の前を膝退した。

「うむ、お主こそ、家中きっての槍を思う存分に振うてくれ」

磯野は円座に座したまま静かに喜右衛門を見送った。

小谷城に帰った喜右衛門は戦さ用意に忙殺された。

美濃との国境にある長比《たけくらべ》、狩安尾《かりやす》などの城の固めや、徐々に浅井方に不利に傾きつつある南近江の情勢など、喜右衛門も東奔西走の日々が続いていたが、そんなある日、ついに立子死亡の知らせが不動院から届いた。

その便りを手にして、喜右衛門は思わず天を仰いだ。

軍務多忙でありながらも、一日たりとも立子の病状を気づかわぬ日はなかった喜右衛門ではあったが、ついに来るべき知らせを受け取ってしまうと、しばらくはなす術もなかったのである。

「立子どの……」

喜右衛門は不動院の書院に寝かされた立子の遺骸《なきがら》を思い描いた。

藁束のように細く小さくなった遺骸は白い衾で覆われ、顔にも白絹がかけられているであろう。その立子にもう一度別れがしたい。

そう思うと、喜右衛門は居ても立っても居られない気持がした。

すでに、先頃、二人だけの今生の別れはすませた筈であったが、喜右衛門の胸に、息苦しくなるほどの思いがよみがえってきた。

しかし、疾風迅雷な信長はいつ陣ぶれを発するか知れない。また、長政からの軍令が急に届くことも予想される。

どう考えても、もう喜右衛門には小谷を離れる時間は残されていなかった。

喜右衛門はその日一日、うめいたり、吐息を着いたり、あたかも泥沼の中をさまよっているかのような思いで仕事をこなしていた。

用件を尋ねに来た才八が、なま返事を繰り返す喜右衛門に首をかしげながら帰って行った。

そして、屋敷に帰り着き、ようやく気持の整理をつけた喜右衛門は、松葉の蚊遣りをくべた座敷に座して、しばらく外を眺めていた。

屋敷の外れには細い流れがあり、そのほとりで蛍が青白い光を点滅させていた。

あの朝、身が凍るような寒気の中で、

「喜右衛門どのは決して死に急がれますな」と、喜右衛門を見上げた立子の寒気立った白い顔が浮かぶ。

その時、喜右衛門は、

「それがしも立子どのが生きておられます限り、生き続けまする」

と、答えた筈である。

ならば、立子がもういない今、決死の覚悟で織田勢と戦うことができるのはいわば本望ではないか。

ただ、自分には松乃もいる。それも、自分の子を宿している松乃が……。彼女とのことは、どう考えるべきだろうか……。

喜右衛門はそう思いながら、蛍の光を凝視していた。

そこへ、夕餉の片づけを終った松乃が入ってきて膝を着いた。

彼女は不動院からの便りのことは知らない筈であったが、喜右衛門の胸の内に何かがあることだけは気づいていた。

しかし、彼女は喜右衛門の心の中を問おうとはせず、彼と同じところに静かに目を向けた。

「蛍を見ておられましたか」

「うむ、このように落ち着いて蛍を見るのも随分久しぶりじゃ。子供のころが懐かしいわい」

「ほんに、さようでござりますのう」

松乃も目を細めた。

その顔が思いがけず屈託がなく見え、喜右衛門はそれにつられてふと言葉を続けた。

「松乃、お前はまだ不動院へお詣りしたことがないと申しておったのう。一度、お詣りしてみるとよい。わしが寄進した歌仙絵が本堂に掛けてある筈じゃ。なかなか見事なものぞ」

「さようでござりますか……」

「うむ、わしはもう見ることもあるまいが、お前はぜひ一度見てみるとよい」

喜右衛門はふとそういって、不意に自分のいっていることの意味に気づいた。

松乃がはっとしたように喜右衛門を見つめた。その目が蛍の光を受けたように光っている。

「いやいや、織田軍は強大じゃ。我らも死力を尽くさねばならぬ。そのことをいうておるのじゃ」

喜右衛門は狼狽したように言葉をつないだ。

「されど、実家《さと》の母の話では、先頃そなたさまは須川の父上にも、後のことを頼みに行かれたとか……」

「……」

実は、先日、喜右衛門は長比城へ出かけたが、その途次須川まで馬を飛ばしていた。

織田軍との戦さが間近いとの噂の中で、前ぶれもなく突然訪れてきた喜右衛門を助兵衛は驚いて迎えた。

喜右衛門が、

「松乃にややができたようでござります」と伝えると、助兵衛はすっかり老け込み、しみが浮かんだ顔をほころばせて、

「そうか、そうか、やっとできたか」

と喜んだが、更に喜右衛門が言葉を続けると、急に顔を曇らせた。

喜右衛門は来るべき戦いのことを述べ、武運つたなく自らが敗死した場合、松乃とその腹の子のことを頼みたいと話したのである。

「うむ、やむを得ぬことじゃ。わしはお前を久政さまの小姓に上げた時から、このような日がくるのを覚悟しておったのじゃ。しかし、やっと子ができたというに、その時お前は死地に着こうとしておるのか……」

助兵衛はうめくようにいって腕を組んだ。

「いいえ、決死の中に生を求めて戦うのでござりまする。しかし、戦さ場に生死は常に半々、それがしは、あるいはの場合をお願いしておるのでござりまする」

「うむ、侍というものは恐ろしいものよのう……。しかし、お前は一体今までに戦さを恐ろしいと思ったことは一度もなかったのか」

地侍とはいっても、戦さにでたことのない助兵衛には、本当の戦場の恐ろしさは実感として理解できなかった。ついの別れになるかも知れぬこの機会に、喜右衛門がどのような思いで戦場に出ていたかをぜひ聞いておきたかったのである。

「それは、いつでも怖うござりまする。それがしなど、今でもいざ突撃になりまするると、目の前が真っ暗になって何も見えませせぬ」

「……」

助兵衛はその実感をしのぶかのように目を閉じた。

「しかし、それが歯を食いしばって突き進んで行きますと、いつの間にか、目の前の霧が晴れるように、はっきりと敵の姿が見えてまいりまする。あるいは、その早い遅いが命の分かれ目かと、近頃は考えておりまするが」

「……うむ、恐ろしいことじゃ」

その瞼に、兜の眉庇を傾け、鎌槍を掻い込んで突っ込んでいく喜右衛門の姿が浮かび、助兵衛は思わず身震いした。

「では、これにて……」

喜右衛門は思いを振り切るように立ち上がった。

助兵衛が目をしばたたかせながら、喜右衛門を見つめる。

「武運の長久を祈っておるぞ」

「有り難う存じまする。父上にもお達者で……。くれぐれも松乃のこと、お願い申し上げまする」

喜右衛門の大きく見開かれた目が助兵衛を見つめた。

「うむ、案ずることはない。生まれてきた子が男ならば、お前の数々の武勇をしっかりと話して聞かせてやろうぞ」

助兵衛は目頭をぬぐって、喜右衛門を送って出た——。

そうして、喜右衛門は助兵衛との別れをすませてきたのである。

「……、おお、そなたさまもお疲れでござりましょう。床を整えまする」

松乃が喜右衛門から目を離して立ち上がった。

今更、喜右衛門の心の中をさぐっても詮のないこと。松乃の顔には、そう思いを決したような静かな色がただよっていた。


元亀元年六月十九日、ついに信長は二万五千の兵を率いて、北近江に向けて出陣した。

徳川家康も五千の兵を率いてこれを追うことになっているので、織田勢は約三万の大軍であった。

信長、岐阜を出立の報はすぐに小谷城に届き、長政は直ちに朝倉家に援軍要請の早馬を送り、籠城の態勢に入った。

姉川を挟んだ南の横山城には、大野木、三田村などの各将を籠らせ守りを固める。

すでに、長比、刈安尾城などは織田家に内通しており、織田軍は苦もなく北近江に侵入し、小谷城と横山城の間を遮断して虎御前山に本陣を置いた。

そして、信長は木下勢に盛んに辺りに放火させて浅井勢を挑発した。

長政の本陣からも、その木下の跳躍ぶりがよく目に入る。

木下勢は人っ子一人いなくなった野面を走り回り、青々と成長した稲をこれ見よがしに焼き払い、辺りの百姓家や野小屋にも次々と火を放った。

喜右衛門も歯噛みしながら、それらの様子を望見していた。

そんなある日、倉庫で兵糧を点検していた喜右衛門のところに才八が駆けつけて来た。

「お頭、弥太郎が囲みを抜けて来ておりまするが」

「なにっ、弥太郎が……。まさか、また足軽稼ぎに出てきたわけではあるまいな」

喜右衛門は思い出したくない都での出来事をとっさに思い出した。

「それが……。すっかり、戦さ用意の格好できており、今度こそ侍首の一つや二つなどと申しておりまする」

「あの馬鹿者めが」

喜右衛門は目をむいて立ち上がった。

喜右衛門が弥太郎の待っているところに行くと、弥太郎は見慣れた胴丸姿に鉄板でふいた兜をかぶり、脇に長柄の槍まで抱え、相変わらず茫洋とした表情で立ち尽くしていた。

近づいて来た喜右衛門を見ると、真っ黒に日焼けした顔を懐かしそうにゆるめ片膝を着く。

喜右衛門はその弥太郎を見て、頭ごなしに怒鳴りつけた。

「馬鹿者、都で申したろうが――。もう二度と足軽稼ぎには出るなと」

「はあ……」

「ならば、すぐにいね。漁師は漁師らしく魚を追っておればよいのじゃ」

喜右衛門の一方的な怒りに、弥太郎は首をすくめてうなだれた。

「お頭……、弥太郎は都のご恩返しに……」

才八がたまらず口を添えた。喜右衛門にも弥太郎の気持はよく分かっている。

「弥太郎、今度の戦さは、我らは十中、八九は死を覚悟しておるのじゃ。わざわざ、死にに来ることはないではないか」

喜右衛門は今度は口ぶりを改めていった。

しかし、弥太郎の決意は固いと見えて、彼はしっかりと槍を抱えながら、下から睨みつけるように喜右衛門を見た。

「あれから一年半、わしはもう一度、漁師に戻るつもりで魚を追うておりましたが、しょせん漁師には戻り切れませんでした。父親や嫁にもいい聞かせてまいりました。どうか、もう一度、槍を握らせて下さりませ」

「馬鹿者めが、死ぬぞ」

「もとよりその覚悟でござりまする。わしは都であの時、死んでいたのでござる。それを、お頭のお情けで、一年半も命を永らえることができました。死んで、もともと。さらにあの憎い織田の奴ばらに一泡吹かせることができますれば、これにすぐる喜びはござりませぬ」

「……」

喜右衛門はそれ以上の言葉もなく、弥太郎をみつめていた。

人にはそれぞれ死に場所がある。喜右衛門自身も、そして弥太郎自身も、お互いに今度の戦さをその死に場所と思い定めたのだ。

「弥太郎、さあ、まいれ。功名争いをやってみようぞ」

才八が二人の間に入り、弥太郎のごつい腕をぐいと引っ張った。

「では……」

弥太郎は相変わらず下からうかがうような目礼をすると、才八に腕を引かれて行った。

やがて、景健に率いられた約一万の朝倉勢が小谷城の北、木之本に到着した。

朝倉家も、今度の戦いこそ、家運を決するものと考え、動員可能な全兵力を送ってきたのである。

浅井勢の意気は一気に上がった。

浅井勢は三つ亀甲の旗を盛んに押し立て、法螺貝を吹き鳴らし、昼夜を分かたず篝火を焚き上げた。

一方、この形勢を見た信長は、家康の到着が遅れている今、一旦退いて、場合によれば横山城を突こうという構えを見せ、深夜にもかかわらず龍ヶ鼻まで陣を移動させはじめた。龍ヶ鼻は横山の北裾である。

この報告が届けられた時、喜右衛門は思わず手を握りしめた。

勝機ではないか。今一気に、小谷城に籠った八千の兵が、陣を退きはじめた織田勢の後に襲いかかれば、織田勢は浮き足立ち、収拾がつかないことになろう。

さらに、そこへ着いたばかりの朝倉勢が押し出せば、勝利は間違いのないところである。

「殿っ、勝機でござる。全軍の出動を」

喜右衛門はまなじりを決して長政を見上げた。

長政も頬を紅潮させてうなずいた。

ところが、その時、陣羽織姿で、長政の横の胡床に腰を下ろしていた久政が長政を引き止めた。

「まて、これは我らを誘い出すための罠ぞ。信長の誘いにのってはならぬ」

「大殿」

喜右衛門は目を血走らせて久政をにらみつけた。

先頃の織田家への離反以来、再び何かと発言することが多くなっていた久政であるが、この発言は懸命に勝機をさがしていた喜右衛門には頭から水をかけられた思いであった。

このところ、何かと消極的になりつつあった長政が、ついにこの機会を勝機と見て、出陣の決意を固めたというのに、ここへきての久政の発言である。

喜右衛門はもはや気持を抑えることができず、久政をにらみつけてさらにいいつのった。

「大殿、信長とて、鬼神ではありませぬぞ。隙も見せれば、怖気もふるいまする。今、信長は二万の兵を蛇《くちなわ》のように引きずって、退いていくのでござる。今討たいで、何時討つのでござる」

「喜右衛門、言葉が過ぎるぞ。朝倉勢が到着した今、兵数も我らが優勢じゃ。焦らずとも勝機は十分ある」

久政は苦々しげに喜右衛門をにらみ返した。

すると、その時、磯野が身を乗り出した。

「大殿、おそれながら、それがしもここは勝機と存じまする。この機会を逃せばもう互角には戦えませぬ。直ちに総がかりを」

磯野も喜右衛門の策を支持し、出動をうながした。

「いや、ならん。このような深夜に大軍をうごかすものではないぞ。長政、出動を命じてはならぬぞ」

久政は懸命に長政を抑えた。

「……」

いまだに父に対し気をつかうことが多かった長政は顔面を真っ赤にして立ちつくすばかりであった。

そうこうする内に、織田勢は松明を火の帯としながら龍ヶ鼻へ後退していった。

おびただしい松明が、浅井勢をあざ笑うようにうねりながら、野面を南へ南へと退いて行く。そして、龍ヶ鼻で再び整然と陣が整えられた。

無念じゃ。どうして我が軍はこのように鈍重なのか。

喜右衛門は唇を噛みしめながら、織田勢の火の帯を凝視していた。鎌槍を握った手の平がじっとりと汗ばんでいた。

信長はやがて到着する徳川勢を待って、先ず横山城を落とし、次に全力を以って小谷城に攻めかかってくることであろう。

喜右衛門は天を仰いで長嘆息をついた。

おそらく、自分の一生の最後の最後になるであろう機会に、大恩ある久政に激しくいいつのった悔いも、胸にどんよりと澱のように残っていた。

次の日、朝倉勢の大将、景健を招いて開かれた軍議では、長政が積極的に発言し、今度は自らが横山城の救出作戦を提案した。

徳川勢の遅れている今こそが好機であることは皆の認めるところである。

久政も、さすがに今度は長政自らが出した案に水を差すことはしなかった。

「今回は予も出陣する。この城には後詰の三千を残し、後は総出陣じゃ」

長政はそれから紅潮した顔を景健に向けた。

「おそれながら、景健どのも大依山まで押し出していただけませぬか」

「承知致した。織田勢に隙あらば、直ちに突っかかりましょうぞ」

景健は鉢巻の下の精力的な風貌をひきしめて答えた。

その力強い景健の様子を見ながら、喜右衛門はあるいはの思いがふつふつとわきあがるのを覚えた。

あけて二十六日、長政は自らの本隊の他、磯野員昌、浅井政澄、阿閉貞秀などの兵八千を率いて小谷城を出た。

長政は初陣以来の軍装、祖父伝来の赤糸威《おどし》の胴丸に、龍頭の兜をかぶっていた。

喜右衛門はその本隊に属し、いつものように黒革肩白の胴丸姿で、三鈷剣《さんこけん》を打った筋兜をかぶっていた。

手勢は才八、弥太郎など槍衆の一団である。

小谷城内の桜の馬場に集結した将兵達は、天を突くような鬨の声を上げると、土煙を上げて楼門を出ていく。

城内に残る兵達が郭に鈴生りになってそれを見送った。

小谷城を出た浅井勢は山添いに南下し、大依山の麓に一旦陣を敷いた。

やがて、朝倉勢が小谷山の裾から蟻の群れのように続々と現れ、同じく大依山に集結する。

前方に、姉川の幅広い川原が広がり、その向こう岸に馬の背中のような横山が見える。

横山の頂上には浅井の旗がひるがえっていた。

一旦は横山城に向かう構えを見せた織田勢も、今は正面に現れた浅井朝倉勢に相対し、整然と陣を構え直していた。

折から、姉川は五月雨後の増水期であったが、それも峠を越え、今は笹にごりの浅い流れが川幅いっぱいに広がっているばかりである。

両側には腰まである青芒が広々と波打ち、川原には増水によって押し倒された芒の群れが泥にまみれていた。

両軍はその姉川を挟み、一里ほどの距離をおいて対峙していた。

浅井軍の先鋒、磯野勢は隙あらば出て行こうとする構えを見せるが、織田勢も戦意高く、わずかの隙も見せなかった。

中天には真夏の太陽が上がり、野面の青草もなえるような激しい暑さであった。

喜右衛門は本陣の脇を固めながら、何度も流れ落ちる汗をぬぐった。すでに、鎧直垂も汗みどろである。

才八と弥太郎も、赤黒く日焼けした顔の汗をしきりにぬぐっていた。

喜右衛門は昨夜、才八に今回の戦さでは、どのようなことがあっても、決死の覚悟で信長の本陣に突入することを告げていた。

彼の胸の内では、勝ち戦になることはほとんど見込めなかった。

朝倉勢も今回は今までになく戦意は高いが、その軍装は織田家に比べ格段に古い。

また、戦いぶりも、先の信長追撃時に見られたようにどこか手ぬるい。あのような戦いぶりで、兵数でも勝る織田勢を粉砕できるとはどうしても思えなかった。

従って、いざ総がかりの采が振られれば、遮二無二信長に迫り、その首を取るより他にないと決意していたのである。

喜右衛門の横から才八がいう。

「さすが織田勢、いささかも乱れはござりませぬなあ」

「うむ……」

喜右衛門も姉川の向こうに展開する織田の陣営を凝視していた。

織田勢は横山城の前面に数段の陣を敷き、横山城の大手口には二千ばかりの抑えの兵まで置いていた。

そのまま二十六日の黄昏を迎える。

浅井勢は夕方の炊飯を終えると、天まで届くような篝火をいくつも焚き上げ、時々、鬨の声をあげて戦意を高めた。

その声に合わせるように、織田勢からも盛んな鬨の声が返ってくる。

明日、戦機が熟するかどうか。いずれにしても、信長の本陣に突っ込むばかりである。

喜右衛門の脳裏に、槍をふるって本陣に突っ込む自分の姿が浮かんでは消え、消えては浮かんだ。

二十七日、浅井勢が戦機をうかがっている内に、昼前、予想より早く徳川勢が到着した。

その兵数は約五千、徳川勢は横山の裾を迂回し、織田勢の左翼に出て、丁度朝倉勢の真正面に陣を構えた。

その状況を見て、長政は直ちに軍議を開いた。

浅井朝倉勢にとって、予想より早い徳川勢の到着は大きな誤算であった。

しかし、もはや再び小谷城に退くことは自殺行為である。背後を織田徳川勢に襲われ、壊滅的な打撃をこうむるに違いない。今は死力を尽くして戦う以外にない。

ついに長政は明朝、夜明けと共に、総攻撃を掛けることを決断した。

「魚鱗に組み、まっしぐらに本陣をめざせ。めざすは信長ただひとりじゃ」

長政はまなじりを吊り上げて一同に申し渡した。

その胸には、野良田の戦いで、味方に倍する六角勢をひた押しに押して敗走させた時の手ごたえが力強くよみがえっていた。

そして、長政は朝倉景健には、口調を改め、

「朝倉勢は徳川勢に打ちかかって下され。両家の存亡はこの戦さにかかってござる。ご奮闘のほど切に頼みまいらせる」

「心得申した。死力を尽くしまする」

景健も顎をひきしめて力強くうなずいた。

さらに長政は、先鋒に磯野員昌、第二陣に浅井政澄、第三陣に阿閉貞秀、第四陣に新庄直頼、第五陣に自身の陣立てを告げ、今夜、日没と共に大依山を下り、姉川の北岸まで押し出すように命じた。

やがて、終日焼けるような暑さをもたらせた太陽が西に沈み、長い一日が終わると、浅井勢の移動がはじまった。

横山の裾、龍ヶ鼻に構えた本陣の高みから信長はその様子をじっと見つめていた。

夜の帳が下りはじめた大依山の山麓に、おびただしい松明の明かりが現れ、その明かりは海のように揺れながら麓を離れはじめる。

「長政め、いよいよ出てきたかや」

その火の帯を眺めながら、信長は薄い口元にひきつったような笑いを浮かべた。

そして、信長は近習を呼び寄せると、甲高い声で軍議の召集を命じた。

軍議では、浅井勢に当たる本隊の先方には坂井右近の美濃衆が命じられ、徳川勢は朝倉勢に当たることになった。

さらに、信長は畢竟《ひっきょう》数で劣る浅井勢は密集の隊形を取り、ひたすら突き進んでくるに違いないと考え、鶴翼に開いた陣形を今夜中に十三段の縦深形にするように命じた。

やがて、織田勢の動きも慌ただしくなり、おびただしい人馬の移動がはじまった。

松明の明かりが辺りを昼のように照らし、移動を指揮する侍大将の怒号が響き渡り、足軽達は集団になって移動した。

そして、夜半、ようやくその移動も終わり、織田の陣営も静かになった。

浅井の陣営でも、喜右衛門は青草の上にごろりと横になり、夜空を仰いでいた。

その真上に、今にもこぼれ落ちてきそうな天の川が横たわっている。

喜右衛門の脳裏に、須川の山野でひねもす走り回った幼い日々が思い浮かんだ。

屋敷の続きにあったため池、そこから続いている堀、喜右衛門は初夏から盛夏にかけての毎日、その水につかり、おびただしい魚を魚籠《びく》に入れて帰ってきた。

母はそんな喜右衛門を迎えて
「左近、あまりいらぬ殺生をしてはなりませぬぞ。どのような生き物でも、みな懸命に生きておるのじゃ。それを証拠に、どの魚もお前の手から逃れようとびしゃびしゃと跳ね回るじゃろうが」と、たしなめながらも、食べられる魚は煮たり焼いたりして彼の膳にのせてくれたものである。その母も、彼が六歳の時に、二三日床に臥せっただけで急逝してしまった。

その後、父助兵衛は後添いを迎え、喜右衛門は不動院に預けられたのである。草深い須川の在しか知らなかった彼に、ずいぶんとみやびた不動院の生活はとまどうことばかりであったが、祐賢の慈しみや立子のあどけなさはどれほど彼に安らぎを与えたことであろう。その立子ももういない。

歌仙絵を不動院に寄進することもできた。

これとても、立子の一言がなかったら、無骨な彼には思いつくこともできないはずであった。歌仙絵は不動院の本堂に永く掛けられ、彼の赤心が末代まで伝わることであろう。何より立子にその寄進が喜んでもらえたのが嬉しかった。

喜右衛門は最後に、松乃の顔を思い浮かべた。彼女はすでに須川の屋敷に帰っているはずであるが、来年の今頃にはややを懐にしていることであろう。

あのおおらかな松乃と穏やかな助兵衛が育ててくれるなら何の心残りもない。己の命はすでに確実に受け継がれているのである。

そう思うと、その時になって始めて喜右衛門の心の中に、子供を得た喜びがにじみだすようにあふれてきた。

そして、喜右衛門は目をつむると、吸い込まれるような睡気におそわれ、ひと時、ぐっすりと眠った。

翌日、黎明と共に両軍が動き出した。

薄鼠色の空には雲もなく、姉川の流れからは薄い霧が立ち上っていた。河鹿の鳴き声がしきりに聞こえてくる。

やがて、川原の芒がはっきりと見えるようになると、先ず、浅井の陣営から法螺貝が吹き流され、先鋒の磯野勢が川岸にじりじりと近づいた。

それを見て、対岸の織田勢からは早くも鉄砲の射撃がはじまった。

その内に、一群の騎馬武者の中から磯野が先頭に現れ、磯野は織田勢の鉄砲をものともせず、面頬《めんぽお》の下から敵陣の隊形をじっくりと睨みわたした。

そして、磯野は自軍を振り返ると、先ず鉄砲隊を川原まで進出させた。

織田勢の鉄砲が竹がはじけるように激しくなる。つれて、磯野勢の鉄砲も火を噴き、辺り一面に硝煙の匂いが流れた。

「槍隊も前へ」

磯野の声が響きわたり、槍隊が密集状態になって川岸に押し出してきた。

右翼の朝倉勢も磯野の動きに合わせるようにじりじりと前に出てきた。そちらからも、激しい鉄砲の音が立て続けに響きわたった。

戦機は熟した。

磯野は右手に槍を握り、鐙を踏んで馬上に立ち上がると、一気に槍を前に振り下ろした。

「かかれや、者共」

磯野の号令を待ちかねたように、騎馬集団が水を蹴立てて突撃をはじめ、続いて槍集団が突進する。

その時、時を同じくして右手川下の朝倉勢も川を渡りはじめた。

戦端は一気に開かれた。

槍と槍が激しくぶつかり、雄たけびが響きわたる。

激しい突進を受けた織田勢も、槍襖を組み懸命に支えるが、たちまち川岸の兵は突き崩され、中段まで浮き足立った。

「踏ん張れ、踏ん張れ、踏ん張るのじゃ」

織田の将が馬に輪乗りを掛けて、絶叫しているが、崩れ足は止められない。第一陣と第二陣は見る見るうちに突き崩された。

その戦況を見ていた長政は第二陣も突入させた。

満を持していた浅井政澄の軍勢は、磯野の隊を乗り越えるような勢いで突っ込み、やがて、磯野と浅井の隊は先を争うように前へ前へと進んでいった。

一方、朝倉勢も徳川勢を圧倒していた。

特に真柄《まがら》十郎左衛門に率いられた力士勢の戦いぶりは凄まじく、野太刀をまるで棒切れのように振り回し、当たるを幸いと徳川勢を叩き伏した。

やがて、太陽が山際から顔を出し、戦場は一気にむせ返るような暑さになった。

その中を、両軍は汗みずくになって戦う。

馬上の喜右衛門は両足で鐙を踏みしめ、伸び上がって戦場を睨みつけていた。

すでに、浅井勢は第三陣の阿閉勢まで突っ込んでいた。

織田勢はもう中段まで崩れ去り、浅井勢はひた押しに押している。そして、こちらには、まだ第四陣と長政自身の本隊も残っている。

あるいは。喜右衛門は唾を飲み込んだ。

戦場は浅井勢優勢のままである。浅井勢は織田勢を押しに押して、ついに信長の本陣が見えるところまで進んでいた。

喜右衛門の目にも、信長の本陣が色めき立っているのが見える。

さあ、突撃じゃ。死ぬぞ。死ぬぞ。

喜右衛門はたまらずじりじりと馬を前に進めた。馬も轡《くつわ》から泡を吹き、前足で激しく土を掻いた。

すでに、喜右衛門の目には、信長の本陣までの道筋がしっかりと焼きつけられていた。

喜右衛門は脇に掻い込んだ鎌槍の汗をぬぐい、もう一度、鐙を踏みしめて立ち上がった。

その時、長政が馬上に伸び上がって叫んだ。

「勝ち戦さぞ。それっ、総がかりじゃ」

旗本衆が縦横に走り回り、全軍突撃を知らせる。

すぐに法螺貝が吹かれ、攻め太鼓が鳴りはじめた。

「かかれや、者共」

長政が激しく采を振り下し、自身も先頭を切って飛び出して行く。

馬のいななきが響きわたり、姉川の川面一面に水しぶきが立ちあがった。

「行くぞ」

喜右衛門は脇に控えている自らの手勢に鋭い目を向けた。

「心得ました」

才八が奥歯を噛みしめてうなずき、弥太郎もむっくりと岩のような体を起こして、手に唾をくれた。

「かかれっ」

喜右衛門はあおるように鎌槍を振ると、まっしぐらに姉川を渡りはじめた。

丁度、その正面前方、横山の裾に信長の本陣が見える。

浅井勢の猛迫に、旗本衆はすでに馬にまたがり槍を握り締めている。

川を渡ると、喜右衛門はひたすらその本陣をめがけて馬をあおった。

もう目の前は敵味方入り乱れての戦場である。槍と槍がぶつかる音と共に喚声が一気に高くなる。

「よしっ、突っ込め」

喜右衛門は兜の眉庇を傾けて馬の腹を蹴った。

一瞬目の前が真っ暗になり、ただ馬蹄の響きと、喚声が聞こえてくるばかりである。

どのくらい突き進んだだろうか。やがて、目の前の霧が晴れたように明るくなると、喜右衛門は敵の真っ只中にいた。

振り上げた鎌槍がうなりをあげて敵兵を叩き伏せる。

恐怖に引きつった敵兵の顔を喜右衛門は容赦なく突き立てた。

敵は悲鳴を上げ、血を吹き出しながら馬から転げ落ちた。

喜右衛門は構わずひたすら信長の本陣をめざす。

「見参っ」

敵兵も次から次へと槍を向けてくるが、喜右衛門の槍を支えられるものはいない。次々と突き崩された。

太陽が中天に回りかけ、猛烈な暑さになった。

喜右衛門の顔も、吹き出す汗と返り血で凄まじい形相になっている。

才八も弥太郎も懸命に喜右衛門に従って突き進んでいた。

喜右衛門が敵将を突き落とす度に、郎党が首を取ろうとするが、その度に才八が
「捨ておけ、捨ておけ、前へ、前へ」と絶叫して、郎党を引っぱって行った。

ところが、この頃、あれほど優勢であった右翼の戦況が急に変わりはじめていた。

はじめは徳川勢の中段まで押し込んでいた朝倉勢の動きが鈍り、両軍は押しつ戻りつの展開になっていたのである。

そして、その戦況をじっと見つめていた家康は、ここを勝負所と見て、手つかずの榊原、本多勢を朝倉勢の側面に突っ込ませた。

新手の徳川勢は朝倉勢を分断する勢いで突き進む。

朝倉勢は一気に浮き足立った。

朝倉景健も、崩れだした自軍を引きとめようと懸命に指揮している内に、徳川勢に包囲され、

それに気づいた真柄十郎左衛門にすくわれたが、真柄は圧倒的な徳川勢に突き立てられ、ついに首を取られた。

景健はようやく対岸に逃げ戻ったが、こうなると朝倉勢の崩れ足はとめられない。全軍もう左右を見る余裕もなく敗走しはじめた。

「追うな、追うな。浅井勢にかかれ」

その様子を見て、家康は絶叫した。そして、自らも槍を掻い込み、朝倉勢に向けていた兵達を浅井勢に向け、一直線に突っ込ませた。

手勢を率い、錐のように突っ込んでいた喜右衛門にも、戦況の変化が敏感に感じられた。浅井勢の上に、波のような動揺が走りぬけ、その足並みが急速に鈍った。

南無三。横を突かれたか。喜右衛門は瞬時に朝倉が崩れたことを覚ったが、もはや突き進む以外にない。

「構うな。前へ、前へ」

喜右衛門は血みどろの顔を振り立てて、さらに左右の兵を突き進ませた。

喜右衛門の右翼で奮闘していた磯野勢も、瞬間動きが止まったが、すぐに磯野が敵中突破を命じたのか、再びはじかれたような勢いで突き進みはじめた。こうなれば、退くより、敵陣を突き破ってしまった方が退路を確保しやすい。

さすがは磯野どのじゃ。喜右衛門は思わず頬をゆるめて、磯野の顔を思い浮かべた。

一方、織田勢はそれまで横山の抑えに置いていた丹羽勢までも戦場に投入し、左翼から浅井勢に当たらせた。

三方からの敵を受けて、今度こそ浅井勢の動きが岩にぶつかったように止まった。

浅井政澄、阿閉貞秀などの磯野に続いていた集団にも疲れが見える。

「踏ん張れ、踏ん張れ、踏ん張るのじゃ」

阿閉が馬に輪乗りをかけて、怒気をみなぎらせて槍を振り回していたが、浅井勢の退き足は早くなるばかりである。

喜右衛門の手勢も見えなくなり、彼の左右を味方の兵達が次々と退いて行く。

「ええいっ、踏んばれ、踏んばらぬか」

喜右衛門も懸命に下知したが、浅井勢の退き足は速くなるばかりである。もう兵達は先を争うように逃げはじめた。

「ええいっ、もはやこれまでじゃ」

喜右衛門はそう思い定めると、かねての目論見通り、まっしぐらに信長の本陣に向かって馬を駈けさせた。

そして、小高い丘を飛び越えようとした時、その窪みで倒れ伏している侍が目に入った。

旗差物、見慣れた胴丸姿は味方の三田村市左衛門のものであった。すでにこと切れている。

とっさに馬を飛び降りた喜右衛門は、その血濡れた体を抱き起こすと、一瞬瞑目合掌し、一気にその首を脇差で掻き切った。

脇差を握った手に、温かい血が湯のように吹き出してきた。今までに、何度このような感触を覚えたことであろうか。喜右衛門はふとそんなことを思っていた。

そして、喜右衛門は自分の旗差物と兜をかなぐり捨て、髻《もとどり》を切って髪を大童《おおわらわ》にすると、その首を持って一直線に信長の本陣に向かって走りだした。

「御大将に見参。浅井の侍大将三田村市左衛門の首をご覧に入れまする」

喜右衛門は三田村の首を掲げて、絶叫しつつ走った。

織田勢はみな目を吊り上げて浅井勢の追尾にかかろうとしており、誰も自分らに向かって走ってくる喜右衛門を敵軍の将とは思わない。誰何《すいか》する者もいなかった。

やがて、目の前に信長の本陣が見えた。幔幕がたぐり上げられ、綺羅を飾った旗本衆が脇を固めている。

「御大将に見参。浅井の侍大将三田村市左衛門の首をご覧に入れまする」

喜右衛門は一層首を高く掲げて走りよった。

中央の胡床から信長が立ち上がった。わずかに日焼けした白い顔が見える。

が、その時、一人の旗本が飛び出してきて喜右衛門の行く手をふさいだ。

「その者、敵ぞ。通すな」

本陣が色めき立ち、旗本がすぐに信長を囲んだ。

「遠藤喜右衛門どのと見受けたり。竹中久作、お相手仕る」

喜右衛門を敵と見破った侍が、そう叫ぶなり槍を身構えた。

無念。今一歩だったものを。

喜右衛門はその瞬間、首を手放し、自らも鎌槍を握り直して竹中に突っ掛かって行った。
二、三合激しく槍がぶつかったが、喜右衛門の疲れも激しい。目がかすみ、槍が長い孟宗竹を振り回しているかのように重い。
喜右衛門がたたらを踏んだ瞬間、竹中が鋭く突き出した槍が過たずに喜右衛門の胸板を刺し貫いた。

喜右衛門の首ががくりと前に倒れた。

しかし、それでも喜右衛門は胸板に突き刺さった槍の柄を握り、その螻蛄首《けらくび》を脇差で叩き切ろうとするが、もう腕を振り下ろす力もなかった。彼は二、三歩よろめくと、土煙を上げて仰向けに倒れ伏した。

すぐに竹中がのしかかり、その首に鎧通しを激しく突き立てた。

喜右衛門の目の前に真っ赤なものが走り、首が落ちた。

「浅井家中にその人ありといわれた遠藤喜右衛門の首、竹中久作が討ち取ったり」

返り血で顔を染めた竹中久作が喜右衛門の首を高々とかかげた。

ふと、信長の本陣には静寂が広がり、皆が竹中がかかげた首を見つめた。

喜右衛門の首は、髪が麻緒のように血ぬれた顔にかかり、目鼻立ちは定かではなかったが、口からは噛みしめた白い歯がのぞき、一瞬笑っているように見えた。

「惜しい男よ。とろくさい浅井の家中には合わなんだかや」

信長は喜右衛門の首を見つめながらつぶやいた。

その頃、長政はわずかの兵に守られて懸命に小谷城に向かっていた。

近習達が、彼の退路を守るために次々に討ち死にしていく。

そして、長政はようやく小谷城に逃げ込むことができたのである。

また、朝倉勢も先を争って国境の山々へ逃げ落ちていった。

富田才八と弥太郎も、味方の敗色が濃くなり、喜右衛門ともはぐれてしまうと、浅井勢のしんがりについて逃げはじめた。

いざ退却となると、一気に怖気つき、背中から手負いの熊にのしかかられるような恐怖感にとらわれる。

しかし、その時、後方から、

「遠藤喜右衛門どの、討ち死に」という絶叫が風にのって聞こえてきた。

何っ。お頭が討ち死に。二人はぴたりと足を止めて顔を見合わせた。お頭を残して、我らはどこへ逃げようというのだ。

二人は槍を握り直すと、くるりと振り返った。

逃げ遅れた浅井の兵が顔をひきつらせて逃げてくる。

その後方には、勝ち誇った織田勢が、まるで鹿でも追うように迫ってくる。

二人は槍を構え直し、まなじりを決してその群の中に突っ込んで行った。

「お頭、わしらもすぐに参りまするぞ」

才八の絶叫が響きわたったが、すぐに二人の姿は織田勢に包み込まれ、やがてその大軍の中に消えていった。


浅井軍敗走の報は、早くもその日の夜の内に、須川の助兵衛の屋敷にも伝えられてきた。

すでに助兵衛の元に身を寄せていた松乃が寝に着こうとしていると、助兵衛が部屋に入ってきた。

「小谷勢が敗れたとのことじゃ。先ほど、甚吉がきいてまいった」

助兵衛は古くからの男衆の名を上げて、松乃を気づかうような低い声でいった。

部屋には松葉の蚊遣りが焚かれ、その煙が燭台の灯りに照らされていたが、松乃はそれを聞くと、黒い天井を見上げた。

「……」

「気落ちするでないぞ。まだ、喜右衛門の生死は分からぬのじゃ」

「有り難う存じます。先に休ませていただきまする……」

松乃はそういうと、静かに立ち上がって燭台に近づいた。

もう二人の間ではすでに別れはすませたのだ。喜右衛門の決意は分かっている。浅井勢が敗れて、彼が生きているはずがない……。

松乃は燭台の火に口元を近づけて灯りをふうっと吹き消した。

辺りが漆黒の闇になった。

「松乃、案ずることはない。お前の腹には喜右衛門の命が生きついでおるのじゃ」

助兵衛は暗がりの中へ声をかけたが、松乃の答えはなく、やがてしぼり出すような細い嗚咽が聞こえてきた。


不動院には翌日その報が伝えられてきた。

立子の忌のさ中で、厨子に安置された彼女の位牌に花を手向けていた祐桓は、その知らせを聞いてしばし手を止めた。そして、円座に座している祐賢に低い声でたずねた。

「喜右衛門さまはいかがなされたことでございましょう」

祐桓は、立子が死につながる長い意識の混濁におちいってからも、しばしば自分の名前と共に、喜右衛門の名前を口にするのを耳にしていた。

その名は喜右衛門であったり、彼が不動院に預けられていた頃の幼名、左近であったりしたが、その時になって始めて祐桓は喜右衛門と立子の心の通い合いに気づいたのである。

「おそらく喜右衛門は……」

祐賢は、白く長い眉毛におおわれた目をしばたたかせながら、か細い声を飲み込んだ。

「……」

祐桓も黙ってうなずいた。

そして、彼はその目を開け放った書院の蔀戸《しとみど》から、回廊の手前に見えている飯盛木に向けた。

その青々と茂った高い梢には、真夏の日差しがさんさんとふりそそぎ、幾抱えもある太い幹の周辺には、吸い込まれるような樹陰が広がっていた。

その飯盛木を見上げながら、祐桓はふと、喜右衛門と母立子が子供の頃、共にこの木の下で遊び、喜右衛門がしばしばこの高い梢に駆け登っては立子を驚かせたという昔話を思い出していた。

辺りは降るような蝉しぐれで、風が吹くと、飯盛木の木もれ日がちらちらと庭にゆれた。

（了）

あとがき

滋賀県犬上郡多賀町に鎮座する多賀大社は、古事記や延喜式の神名帳に登場する古社である。

創祀の頃はこの地方の豪族犬上氏の氏神であったと考察されるが、室町時代の神仏習合期に入ると、その社僧達によって、延命長寿の霊徳が全国に広められ、その社勢は一気に拡大した。

あの仏教嫌いの信長でさえ、多賀大社の社僧達の勧進廻りは特別に認める朱印状を発しているし、太閤秀吉は天正十六年、母親大政所の病気に際し、米一万石を寄進してその平癒を祈願するなど、当時の武将達にとって多賀大社は特別な存在であった。

従って、現在、多賀大社には、戦国大名はもとより、庶衆から寄進された社宝が数多く残されているが、中でも、昭和四十七年に県の文化財に指定された三十六歌仙絵屏風は逸品の一つである。

この歌仙絵は永禄十二年（一五六九）に、浅井長政の侍大将、遠藤喜右衛門から寄進されたもので、専門家によると、現在は六曲双の屏風に粘布されているが、当初は三十六枚の扁額として寄進されたものだという。

私は、昭和五十五年に多賀大社に奉職して、初めてこの歌仙絵を見た時から、その雅やかな美しさに魅せられたが、更に、遠藤喜右衛門が浅井長政の股肱の侍大将であり、歌仙絵を寄進した翌年の元亀元年（一五七〇）六月の姉川の戦いで、信長の本陣まで今一歩のところまで肉迫し、壮絶な討ち死にを遂げている、いわば戦国の北近江を代表する英雄の一人であることを知り、その猛将にこのような心床しい一面があったことに心が洗われる思いがしたのである。

もとより、喜右衛門がこの歌仙絵を寄進したのは、来たるべき織田軍との戦いでの勝利と、自身の武運を祈ってのことに違いないが、前述のような強い感興がこのような物語を作り上げさせたのである。

従って、当然のことながら、喜右衛門が歌仙絵を多賀大社に寄進している事実以外のことは全て私の小説（創作）であることを強くお断りしておきたい。

なお、遠藤喜右衛門の出自などについては、米原市須川の旧家に伝わる古記録を参考にした。

また、喜右衛門の墓碑は成菩提院に安置されており、彼の屋敷跡と伝える高台には遠藤家の祖先が寄進したという観音堂が残っている。

その堂前に立つと、すぐ右手に湖国一の高峰、伊吹山がそびえ、その裾の向こう側に小谷山が三角形の大きな姿を見せている。喜右衛門は子供の頃から毎日この二つの山を見て育ったのであろう。

正面には、清滝山という里山が横たわり、その北裾から喜右衛門の屋敷の外れに向かって新幹線の高架がかかり、時々、轟音を立てて列車が疾走している。

喜右衛門が没して、すでに四百四十四年の歳月が流れているのである。

平成二十六年二月吉日

（多賀大社宮司）　木村光伸

◎参考文献

『近江坂田郡志』滋賀県坂田郡役所　賢美閣（一九一三年）
『東浅井郡志』滋賀県東浅井郡教育会（一九二七年）
『山東町史』山東町役場（一九八六年）
『近江町史』近江町役場（一九八九年）
『近江浅井氏』小和田哲男　新人物往来社（一九七三年）
『戦国の近江』徳永真一郎　歴史図書社（一九八一年）
『多賀大社叢書』多賀大社社務所（一九八三年）

■ 著者略歴

木村光伸（きむら・みつのぶ）

昭和19年3月　滋賀県犬上郡多賀町多賀の多賀大社祀職の家に生まれる

昭和37年3月　滋賀県立彦根東高校を卒業し、國學院大学文学部日本文学科に入学

学内の同人雑誌、短歌同好会などに参加

昭和41年4月　神職試験に合格し、生國弾神社、彌彦神社を経て、昭和55年多賀大社に入社

平成23年7月　多賀大社宮司に就任

『多賀大社由緒略記』『多賀大社平成の大造営記念誌』など、社内刊行書籍の多くを執筆

歌仙絵の彼方に　小説・侍大将遠藤喜右衛門

2014年3月1日　初版第1刷発行

著　者　木村光伸

発行者　岩根順子

発行所　サンライズ出版

〒522-0004 滋賀県彦根市鳥居本町655-1

tel 0749-22-0627　fax 0749-23-7720

印刷・製本　P-NET 信州

ISBN978-4-88325-528-3 C0093

定価はカバーに表示しています